S P R I N G

每一本好書都是一顆種子，
春天播種在你的心田夢土上。

Spring

S P R I N G

每一本好書都是一顆種子，
春天播種在你的心田夢土上。

Spring

S P R I N G

每一本好書都是一顆種子，
春天播種在你的心田夢土上。

Spring

S P R I N G

每一本好書都是一顆種子，
春天播種在你的心田夢土上。

對不起，忘了你

Sorry , but I have to move on

兩杯熱咖啡，心情是想念，
只是，我想的人，在過去。
他和她的過去，過也過不去。

對不起，我的情感潔癖過不去。
可我真的愛你，愛過你。

對不起，只好，
忘了　你。

自序一 對不起 實際上 忘了你

實際上《對不起，忘了你》是寫給長久以來的默默支持橘子的讀者們，看橘子一點一滴的改變、又固執著不肯變的文字，謝謝你們喜歡我的文字，由衷的，感謝。

實際上《對不起，忘了你》可以看作是《對不起，我愛你》的續集：故事裡的男主角小翔依舊是沒有幾句說話的份，小婊子宋育輪甚至不再登場和女主角『我』過著互看不順眼又不甘心不聯絡只因為希望對方遇到什麼衰事時自己能是第一個知道並且廣為宣傳兇狠嘲笑的人，至於在《對不起，我愛你》一開頭就離家出走的肥貓則依舊沒再回來過，倒是『我』連她自己也不可思議的、竟又開始和另隻貓同居起來，還處得很好（還處得很好？）（還處得很好！）；而故事到了中間，《不哭》裡沒有名字的「那個人」跟著走進故事裡，帶著他的名字，鮮明他的影象，說出他在《不哭》裡無聲的言語，完整他和她的故事。

實際上《對不起，忘了你》以及其他所有橘子的小說，儘可能的都讓書價不要太高，是因為不希望買橘子的小說變成是種負擔，那我會真的感到很對不起；如果可以的話也儘量能打折，是希望把那些折扣下來的零錢拿去買杯咖啡，或許一杯冷透的茶，然後找個舒服的位置，用放鬆的姿勢閱讀它們，然後希望你們很高興買了它們、讀了它們，真的希望。

實際上《對不起，忘了你》在開頭第一句話就開始撂粗話，連我自己也覺得輕微的有點抱歉，不過這也是沒辦法的事，如果有機會再寫「對不起」的第三部，對不起，我還是會這麼做的。

橘子，無賴中。

第一章

「你最好是他媽的現在才打來！老娘的生日已經過了十二分鐘了！王—八—蛋！」

這是我開口說的第一句話，時間是午夜十二點過十二分，日期則是我變成二十五歲的第一個晚上，而當時我正專心的瞪住那該死的手機四個小時起碼有，那該死的手機被我瞪了四個小時起碼有之後，才終於傲慢的、該死的、慢吞吞的響起。

氣死我簡直是！

更氣的是、打來的人還不是該死的小翔卻是個陌生的沙啞女聲，陌生的沙啞女聲沉默了三秒鐘那麼久之後，才終於冷淡的說道：

「祝妳生日快樂，不過我想我應該不是妳在等的那個王八蛋。」

呃糗了吧我！

有必要在人家變成二十五歲的第一個晚上就發生這種鳥事嗎？

「SORRY。」

「沒關係，不過聽來妳就是我要找的那個人沒錯。」

陌生的沙啞女聲又說。

於是在接下來的十二分鐘裡面，我才聽明白了這是怎麼個一回事：原來陌生的沙啞女聲是個傳播公司的老闆，這傳播公司是專門製作電視節目的戲劇，而這戲劇剛好就急缺那麼個編劇，接著某個誰剛好想起了我這麼個傢伙寫了那麼幾本小說，於是給了陌生的沙啞女聲我的手機號碼，所以在老娘變成二十五歲的第一個夜晚就糗了剛才那麼回鳥事。

聽完陌生的沙啞女聲精簡的道完整件事情的來龍去脈之後，當下我只有這麼個疑問，並不是——哪個沒禮貌的王八羔子問也沒問一聲就把老娘的手機號碼亂給人——而是：

「呃……妳剛剛說我聽來就是妳要找的那個人沒錯，此話怎講？」

清了清喉嚨，陌生的女聲帶著沙啞的笑意：

「小俊說印象中妳很神經兮兮歇斯底里，所以我想聽來就是妳沒錯，呵～～」

還呵咧！王八蛋！還有、哪個小俊？

「所以，別忘了明天下午三點。」

「好滴。」

「再會。」

「掰伊～」

嘖。

就這樣，從我變成二十五歲的第二十四分鐘開始，在我的生命裡多了個編劇這東西的存在。

而至於小翔的號碼，則是依舊沒有再從我的手機裡響起過。

於是隔天的下午三點整，我準時來到這陌生的沙啞女聲所說的地點，推開大門之後，出現我眼前的是小小的辦公室以及少少的人，小小辦公室裡的這些少少的人同時既期待又興奮的抬起頭看了我一眼，然後既失望又沮喪的問：

「不是送雞排和珍奶來？」

既抱歉又遺憾的我搖搖頭，接著不到一秒鐘的時間，我就不存在於他們的視線範圍裡了；沒辦法我只好對著空氣報了沙啞女聲的名字，接著有隻不曉得什麼事情笑那麼開心的大隻黃金獵犬慢吞吞的走向我，然後笑咪咪的搖搖尾巴示意我跟著牠走；於是跟在一隻狗的屁股後面走變成是我邁向編劇之路的第一步。

而第二步則是冒著生命危險和沙啞女聲詳談關於這編劇的事情。

一推開她的辦公室大門，立刻我感覺到一陣昏眩，起初我以為是那隻大狗耍心機搞惡整帶我來到某個飄滿乾冰的拍戲現場，接著我定神一看才明白那我以為的乾冰其實是因為這沙啞女聲不斷不斷的抽著香菸。

臉色蒼白的沙啞女聲年約四十左右卻留著一頂突兀的齊瀏海娃娃頭，她穿了一身的黑、脖子上還有個美麗的蝴蝶刺青，頓時間我有種誤會自己是來到竹聯幫辦公室的錯覺，因為要是她告訴我，稍早她才殺了幾個人所以現在有點睏、待會要瞇一下因為稍晚還有幾個人要殺，我想我也不會覺得奇怪。

把菸蒂塞入滿到不行的菸灰缸之後，沙啞女聲清了清喉嚨，聲音依舊沙啞的開始告訴我關於她的殺人計劃，呃……是拍片計劃。

就如同昨晚她所說的那樣，這是個製片公司而她是個製作人，她說了幾部這公司出品的連續劇然後問我看過沒有？戰戰兢兢的我搖搖頭，然後瞄了瞄我的小指頭、深怕她老娘一個不開心就拿出武士刀來跺了它；接著沙啞女聲又燃起一根香菸——謝天謝地她拿起的是打火機而不是武士刀——說道有天她在家裡轉著電視頻道結果不小心轉到公視，那天是星期五晚上她說她記得很清楚，因為通常那時段她會去做瑜加而不是在家裡轉電視，不過就那麼巧的當天她扭傷了膝蓋所以只得待在家裡轉電視而且還轉錯頻道，然後事情就這麼發生了。

「妳看過那影集沒有?·NCIS重返犯罪現場?」

搖搖頭，再度我瞄了瞄我的小指頭。

「所以妳不會知道自己錯過了什麼！」

沙啞女聲如此說道，順便還噴了我滿臉菸。

NCIS重返犯罪現場。

當時轉著遙控器的沙啞女聲感覺自己好像被某個什麼給逮住了視線，於是就這麼往下看去，沒想到這一看就看出了癮來，隔天她立刻變更了她的瑜加課程，然後每個星期五的晚上她會把手機關掉、電話線拔掉、只差沒把電視抱在懷裡的、就這麼目不轉睛的看著NCIS重返犯罪現場。

「連一秒鐘也不願意錯過。」

沙啞女聲說，並且：

「完美！不管是劇本、導演、演員、攝影……整一個就是完美！」

沙啞女聲激動的說，從我們見面到現在的三十分鐘後，這是我第一次看到人性這東西出現在她的臉上，也是第一次我放心的相信她不是個黑道大姐。

NCIS重返犯罪現場。

完美的影集準時的在每週五的晚間出現在沙啞女聲的生活裡，就像個忠實的老朋友一樣、豐富了她的靈魂、佔據了她的心思，不但星期五晚上成了她每週最期待的一天、甚至感覺就像是回到少女時代的初次戀愛那般，沙啞女聲說她好久好久沒有那麼投入過；接著一季的時間過去、悲慘的事情發生——播完了！這NCIS重返犯罪現場，聽說下一季還在拍攝、而且因為某些播映權之類的專業鳥事，短時間內也沒可能再重播，一想到這點沙啞女聲就簡直是氣得不得了，尤其結尾的時候那個女探員還被迷人的恐怖份子給一槍打中了額頭、也不曉得是真是假是死是活、就這麼沒責沒任的END掉，對此沙啞女聲指著天花板發誓她做了二十年的戲、但從來沒有這麼入戲的憤怒過，憤怒的沙啞女聲簡直如喪考妣、根本傷心欲絕，徹夜失眠之後沙啞女聲在天亮時做了個決定，並不是放火燒了公視、而是她老娘決定來拍個自己的犯罪現場。

「做了二十年的戲，這是我第一次這麼高興自己是個製作人的這件事情。」說的好。活了二十幾年，這也是我第一次這麼為我的肺憂心。

「所以，」又噴了我滿臉菸、這老婊子，「妳有興趣寫這類題材的劇本嗎？」

「讓我確認一下，所謂這類題材就是每集都會有人死掉、都會有個壞蛋？」

「或者心理變態。」

她補充。

「我願意。」

哈哈！小翔呀小翔！你等著自己的名字出現在這劇裡每集每集的不是以各種方式死掉就是各種方式的壞蛋吧！

接著沙啞女聲簡略的說了這工作的時間待遇之類的細節之後，捻熄了香菸、她起身寶貝兮兮的從保險櫃裡拿出NCIS重返犯罪現場的DVD給我。

「當作是回家作業。」

沙啞女聲說，並且殺氣重新又出現她的眼底：

「別弄壞，也不可以有磨損！」

「我明白。」

開玩笑，我可不想跟我的小指頭過不去。

「對了，我一直有個疑問。」

「嗯？」

「小俊是誰呀？」

「妳不認識？我以為你們很熟。」

可能是哪個認識過、但被我過濾掉的朋友吧，我想。

望了望牆上的鐘，沙啞女聲點起了一根香菸，起身：

「小俊應該來了吧，我帶妳過去打聲招呼。」

謝天謝地，我真是為我的肺感到高興。

離開辦公室之後，在清新的空氣裡，沙啞女聲繼續說道：

「小俊是我的編劇，也出過書，還滿賣的，聽他自己說。」

接著沙啞女聲唸了幾本那個小俊出過的書，我坦承聽過但沒讀過，不過我不好意思坦承這幾年我唯一看過的印刷品是壹週刊。

走出大門，沙啞女聲帶著我來到隔壁的辦公室，這次才一推開門、我的肺簡直是要爆炸開來；超級強的冷氣、滿室的菸霧，幾個在電視上看過的演員和一個看來是導演的小平頭在沙發上吞雲吐霧談著戲劇和八卦，而內側電腦桌前則是幾個含著香菸盯住電腦工作的男人，以及——

「小俊，怎麼今天沒過去那邊吃下午茶？」

「我剛吃飽才來的嘛！夢姐。」

那個小俊故作乖巧的朝這夢姐打招呼，接著他的視線左移，帶著笑意的眼神盯住我的臉：

「好久不見。」

擺出了自認為最帥的姿態，小俊說。

而我當下只感到一陣腦充血。

》第二章《

「小俊？他是誰？怎麼從來沒聽妳說過這個人？」

在星巴克裡，一邊喝著焦糖冰咖啡、一邊我告訴秋雯這晴天霹靂的鳥事、這小俊。

「因為我壓根忘記我認識過這個人。」

「喲！幹嘛表情那麼火？難道妳被他甩過不成？」

「這就是我最火的地方！我從來沒有和小俊交往過、也沒有被他甩掉過，但問題是，當時的每個人都認為我們交往過、然後老娘被他甩掉過！」

「哈！笑死我。」

「媽的！那小俊。」

那小俊是我國中時候的學長，長得不錯看但就是瘦瘦小小的不過奇怪的是女人緣令人不解的好，關於這點我想大概是因為那年代是傑尼斯小子正紅的關係。

小俊在我們學校裡是個風雲人物，這風雲人物的教室就在我們新生的對面教室，也不曉得那天倒了什麼楣，下課時在走廊上和同學閒聊天瞎扯淡狂說別人壞話時，一個不小心、我的眼神和正在對面走廊上同樣與人閒聊天瞎扯淡的小俊給對個正著，在兩秒鐘的四目相對過去之後，接著我是為期兩年的惡夢開始。

小俊從三不五時就會出現在我的視線範圍開始、到有事沒事他會晃到我們教室溜躂為止，而寒假時我被家母塞了支票要女兒上補習班以免輸在起跑點的這件事情則是個關鍵的錯。

那是我們學區裡唯一的補習班，而小俊這喜蛋好像忘記這件事一樣，他老大一在補習班櫃檯前瞧見我，就咚咚咚的跑來演起他的獨角戲：

「我很感動。」

這是小俊開頭的第一句話。

「麻煩開統編，我媽說她要報帳。」

我裝作沒聽到的，自顧對著櫃檯小姐交待。

「妳還特地打聽我上哪個補習班，實不相瞞、我很開心妳終於正視自己的感情而付諸行動，不再只是用眼神偷偷的追逐我了，這點我很欣賞，所以、我同意和妳交往。」

「Excuse me?」

「It's all right，I agree to date with you.」

「你病了你。」

搖搖頭，我接過收據確認過統編之後就離開櫃檯，接著隔天，除了我之外，學校裡的每個人都知道我和小俊在交往——在經過我的深情告白而感動了小俊之後——

「笑死我實在！你這學長可真夠寶的！簡直是花輪真人版嘛！哇哈哈～～」

「簡直是活在自己的世界裡，他病了他！病了這麼多年還是病！」

「結果咧？妳當真就開始交往啦？初戀對象是花輪的感想是怎樣？哈～～」

「簡直荒謬。」

真是託了那喜蛋的福，整個國中三年我都與戀情無緣。

雖然什麼事也沒做、就是連戀愛的邊也扯不上，但除了我之外的每個人顯然都相當樂見這段感情，就是連家母都眉開眼笑的誇讚小俊體貼、每晚陪我回家——但實際上都只是他自己跑來走在我的身後然後自己對著空氣講話，這樣而已——甚至家母有次還入戲太深、慈愛的對小俊曉以大義、告之自己對於小朋友談戀愛的這事相當開明、但要是小俊膽敢擅闖禁區的話、家母保證會讓小俊後悔自己身上長有那器官。

「好一段純純的青春愛情哪！哇哈哈～～」

「老天爺！這真是我聽妳說過最惡毒的一句話！」

「好說好說，結果呢？花輪學長有幹了讓自己後悔長了那器官的事嗎？」

「當然嘛沒有，我們又沒談過戀愛。」

「那不叫談戀愛叫什麼。」

「叫愛情獨角戲。」

「那妳不就是永恆的路人甲。」

「說的好。」

「ㄘㄟ！」

路人甲在喜蛋男主角國中畢業之後著實鬆了口大氣，而如果這鬧劇在這裡就畫上句點的話，那麼路人甲或許會考慮把喜蛋男主角改稱為初戀情人也不無可能，但問題就出在於演戲演上了癮的喜蛋男主角卻還要在畢業之後回到學校來，在教室裡公然道歉他愛上同校的女生而要求我同意和他分手。

「我們根本沒有交往好嗎！」

簡直是無理取鬧到了極點、這喜蛋。

「哦～老天爺，我真的好抱歉傷了妳的心。」

「沒有傷心！我根本沒有喜歡過你好嗎！」

「看妳這樣逞強嘴硬我真的好心疼，聽我說、我知道妳很難過、我明白。」

救

命

。

「救命，沒想到國中時的惡夢現在居然還要再捲土重來。」

「真像是幾米的那本書一樣。」

「哪本？」

「向左走向右走呀。」

翻著桌上小俊在公司裡硬是要送給我的書，秋雯是一臉的幸災樂禍：

「你們不約而同的都來到了台北，還前後在同一家出版社出書，現在又在同一家公司當編劇，吼～～感人啦。」

「了不起，我第一次聽到有人可以把這故事形容成恐怖片。」

「哈！好說。倒是、小翔知道了會不會擔心？」

「擔心啥？」

「妳和初戀情人再重逢接著舊情復燃之類的，妳知道。」

「首先，我們沒有舊情，所以，哪來的復燃呀？」

再說，我和小翔已經分手了。

不知道為什麼，這句話說到了舌尖卻就這麼的自動消失在嘴巴裡；為了覆蓋這句話曾經存在於我舌尖的痕跡，於是我趕緊喝了一大口的焦糖冰咖啡，然後我真覺得好奇怪的是，為什麼自從小翔走出我的生命之後，焦糖冰咖啡在我喝來一直就只剩下咖啡的苦味而不再見焦糖的甜？

我想我大概也病了。

「說到重逢這玩意，我倒是前幾天也和個高中同學重逢。」

「真的是什麼人都在重逢。」

「人到了某個年紀就是會遇到這種情形。」

我同意。

「高中同學？我們班的？」

「不，隔壁班的，但我們住同個寢室而且還三年，不曉得妳有沒有印象？頭髮長長毛毛的、眼睛大大兇兇的那個女生？」

我搖頭。

「有次妳到宿舍找我，因為貪圖涼快所以睡在地板上而且睡衣還掀到肚皮上露出肉色阿婆內褲的那個？」

這麼說我倒是想起來了。

「然後咧？」

「然後我們沒想到居然同在台北唸了四年大學結果遇也沒遇過一次，前幾天還是因為排隊買滷味時搶最後一把金針菇時才認出對方。」

「了不起。」

「沒錯，然後我們交換了手機還有MSN帳號，因為他鄉遇故知而且高中時感情很要好的關係所以很高興的我回家之後滷味只吃一口就急巴巴的上網連線把她加入我的好友名單。」

「果真是睡了三年的感情，居然能響影妳對於食物的執著。」

「謝謝，但我已經戒掉了一邊騎車一邊吃東西的習慣了。」

這就是秋雯來了台北四年卻始終堅持不搭捷運的關係，禁止飲食的捷運對於秋雯而言簡直就是個荒謬。

「那真是恭禧妳了，戒多久了？」

「今天第三天。」

「嘖。」

「但重點是一個星期之後我就決定把她從好友名單刪除了。」

「為什麼？」

「眼睛痛。」

「怎麼說？」

「我被她那些淨耍文藝腔的風花雪月派暱稱給搞得眼睛痛。」

嘆了口氣順便再嗑掉整盤蛋捲之後，秋雯又說：

「我記得有次在寢室裡的時候被首芭樂情歌給搞得好感動，於是就轉頭告訴她說我聽得好感動直想掉眼淚，結果妳猜她怎麼回答我？」

「別哭寶貝、妳還有我？」

「不，她說：妳敢哭的話小心我揍妳。」

「笑死我實在。」

「我真的沒辦法把那些風花雪月的做作暱稱和我記憶裡的她磨合在一起。」

「人是會變的。」

「哎哎～～有夠不想曾經那麼要好的朋友結果卻變成我最受不了的那種人啦！」

「歲月真的是個傷感情的東西。」

歲月真的是個傷感情的東西，因為它總是會把人改變，而且絕大多數的情形都是事與願違。

然而回到公寓之後，我發現我好像得更正我的說法。

喜帖才是真正傷感情的鬼東西！

看著手中的喜帖以及國中時最要好的同學變成別人新娘的訊息時，當下我立刻撥了手機給她，並不是迫不及待想要恭禧她頭殼壞去嫁給人去而是——

「是伴娘和新娘都穿著美美的白紗禮服的那種婚禮嗎？」

「是呀，而且妳一定要來哦。」

「伴娘的禮服要自己準備嗎？」

「不用呀，我們會全部一起租，而且還有專業的化妝師，這就是在婚紗店工作的好處呀！嘻～～」

「那真是太好了，妳知道我的SIZE嘛！還是最小號的喲，那至於化妝——」

「呃……伴、伴娘我已經找好人選了耶……」

「喔……那沒事了，再會。」

還有，紅包的禮金我會扣一千。

》第三章《

「未免欺人太甚了吧！沒打算找我當伴娘就算了但起碼也該禮貌上問一聲吧？這把我們十年的友情給擺哪去了真的是！寡廉鮮恥嘛簡直是！」

「嗯哼。」

「氣死我實在是！那個不念舊情忘恩負義過河拆橋的臭婆娘！也不想想當年她鬧失戀含著兩泡眼淚的時候是誰陪她蹺課坐在樓梯口數落那個台客學弟的不是！那時候我可有把臉轉開把嘴笑開把呵欠打上？呸！結果妳看看她現在是怎麼對我的？沒找我當伴娘！沒找我這個在她當年失戀的時候含著兩泡眼淚蹺課陪她坐在樓梯口的我當伴娘！沒—有！」

「嗯哼嗯哼。」

「我倒想問問她、當年含著兩泡眼淚的時候、她那兩個親愛的伴娘人在哪裡？憑什麼嘛憑什麼！真心換絕情我說這是！」真是越說越氣的我！「好！我決定了！那天管他的我就硬是要自己穿白紗去吃喜酒！而且還要在致辭的時候揭發她不為人知的陰暗面！」

「這不錯呀，當貴賓致辭比當伴娘拉風吧？」

「哦～老天爺！妳這倒是提醒了我、她居然連致辭也沒找我！伴娘沒有、致辭沒有，就是連坐在門口收紅包管簽到簿也沒想到我！可惡可惡可惡！我非當眾說出她曾經因為弟弟屨勸不聽硬是小便不掀馬桶蓋而且準頭還很差所以就乾脆拿她弟的毛巾抹尿以報復！」

「哈，這好笑。」

嗯，這好說，因為是我教她的，而且至今她弟弟的皮膚可好的不得了，我想那鐵定是因為他國中時就開始被蒙在鼓裡的採用尿療法的緣故；說來、他可真該感激我才對。

嘖！不知道她弟弟結婚的話會不會找我當伴娘？

「喂！我問妳！妳結婚的話會不會找我當伴娘？」

「我又還沒打算要結婚。」

幾乎是連考慮也沒有的、淑婷立刻回答，而且還打了那麼一個呵欠。

真是傷感情。

「少以為我不知道你們上個月才一起去看了房子而且他家母還是提著一皮箱的現金去！」

「哎喲！上個月是上個月，這個月是這個月呀。」

「好！我知道了！妳這不是在敷衍我就是在拒絕我！很好，我都懂了！」

先是被國中好友忽略、再是被高中死黨婉拒，我只是想要當個伴娘而已這個要求有很過份嗎？

一想到我是個連伴娘也當不成的女人就沮喪的簡直想要咬舌自盡算了我！

「喂？幹嘛不講話？」

「因為我正在專心的在對我的人生感到失望。」

噗哧了一下之後，淑婷忍不住想要確認道：

「就因為朋友結婚沒找妳當伴娘？」

「就因為朋友結婚沒找我當伴娘！更別提當年她鬧失戀——」

「含著兩泡眼淚我知道。」打斷了我的話之後，淑婷以一種像是瘦身有成的女星在為塑身機構代言那般的口吻，得意洋洋的宣布道：「但有件事我得告訴妳，認識這麼多年、我可從來沒有含著兩泡眼淚找妳喔！」

「我也是！但、那又怎樣！有件事我也得告訴妳，要換作是我找伴娘的話，我第一個考慮的一定是妳和秋雯，至於雅蘭那傢伙則是連電話也不通知的而且為了以防萬一她聞聲跑來自己還帶把椅子硬是想要併桌吃喜酒，所以我還要在結婚會場的門口張貼雅蘭與狗不得進入的公告！」

不管聊什麼話題都硬是要扯到雅蘭並且縱情毒舌一頓，這是我們四姐妹長年以來的慣例。

「哈～～我也是啦！結婚一定會第一個找妳當伴娘的。」

「這還差不多，不過為了慎重起見，我待會兒會白紙黑字寫下來並且寄過去給妳簽名兼蓋章，如果需要回郵信封的話妳先說一聲我好準備。」

「隨便啦，不過有件事我得先告訴妳，我和Pregou分手了。」

Pregou，淑婷最近的一個男朋友；以對方開的車款來稱呼對方，這是淑婷長久以來的習慣，畢竟她實在很不擅長記名字，而在感情這件事上她得記的名字又實在是太多了。

「我打電話給妳就是要告訴妳這件事，但誰曉得妳一拿起手機就直巴啦巴啦的講個不停，真是的。」

嘖。

「但你們上個月不是才去看房子？說是他家母送給你們的結婚禮物？而且還提了一皮箱的現金去？」

「嗯哼，問題就出在這裡。」

「提一皮箱的現金去買房子太土氣？」

「不是，我覺得還滿屌的。」

「那皮箱的款式妳不喜歡？」

「非也，LV的東西我可沒有不喜歡的。」

「那是？」

「那房子是他媽媽送給我們三個人的結婚禮物。」

「妳懷孕囉？」

「並沒有，這裡的三個人指的是他媽媽和我們兩個。」

「所以妳就提出分手？」

「那當然，這種事誰受得了呀。」

「繼上次那個Teana送的鑽戒款式不合妳意之後？」

「正是。」

淑婷輕描淡寫的說，簡直是一點傷心一點惋惜甚至是一點感情也沒有的，口氣平淡的就像是在談論午餐吃得很飽雖然排骨炸得不是很酥但配菜倒是還不錯那樣的口吻。

剎那間我突然有種被羞辱了被看扁了被打擊了被排擠了被這個世界討厭了的感覺。

怎麼搞得老娘一直難以啟齒總是欲言又止硬是HOLD住遲遲說不出口的分手情事，結果這女人憑什麼輕輕鬆鬆態若自然的坦言道出？還在說完之後不當這是一回事的接著問道我們四姐妹的年度旅行這次是打算要去哪裡何不今年的主題就來個慶祝她重回單身市場的HAPPY PARTY？

搞什麼這年頭都沒有人願意好好的用心經營一段感情了嗎？

落寞的和淑婷道了再見掛上電話之後，我打開電腦，一邊慢慢玩著接龍以平復情緒一邊我收著伊媚兒，結果在一缸子的垃圾郵件和轉寄信件裡面，我瞥見一封讀者來信；本來在這種情形之下——國中好友不找我當伴娘、高中姐妹又爽快的道出分手之事而間接羞辱到我——我自己判斷是不合適看這種東西的，但結果念頭一轉，我心想搞不好這是小翔假裝成讀者以達求合之實的來信，所以我還是馬上打開了看。

結果看了之後才曉得這是封再普通不過的讀者來信，唯一特別的地方是、這讀者提到了我某本書裡的某個名字——

「……因為映佐這名字並不常見所以我想說妳書中寫的那個映佐會不會剛好就是我認識的映佐甚至是妳本人呢？因為在書中讀到自己認識且思念的名字讓我感到很震驚，所以希望如果妳收到這封信的話，能不能拜託妳再抽空回個信呢？百忙之中還如此冒昧的要求真的很過意不去，但還是很期盼能得到妳的回信：）

妳忠實的讀者，SUN」

沒問題，反正我完全性的不忙、而且正需要來點什麼來轉移轉移注意力。

「DEAR SUN：

謝謝你的來信，我記得那本書、也很高興你喜歡那本書。

書中所提到的映佐並非我本人而是借用我大學同學的名字，不過書中寫的那個映佐並不是我認識的那個映佐，完全只是因為老娘很懶所以很少自己取名字於是常常沒告訴一聲就借用身邊人的名字而且大多還是很不熟的那掛，重點是我不確定她是不是你認識的那個映佐因為我和她很不熟而且大學期間還有那麼一點的不想和她說話——

」

喔……不行不行，我老是一個不注意就寫著寫著洩露了真性情。

這可不妙。

重來。

「DEAR SUN：

謝謝你的來信，我記得那本書、也很高興你喜歡它。

我書中提到的映佐確實真有其名但卻非其人，映佐是我大學時代的同學，不過我們已經很久沒有聯絡了，而且願她在天之靈安息快樂和小使天好好相處不過我想應該沒有問題因為我記得她一直就是我們班上的最佳人緣獎得主——」

嘖！又來了！正經點！妳這王八蛋！

「DEAR SUN：

謝謝你的來信，我記得那本書、也很高興你喜歡它。

我書中提到的映佐確實真有其名但卻非其人，映佐是我大學時代的同學，不過我們已經很久沒有聯絡了，我不曉得我所認識的映佐是不是你認識且思念的映佐，不過可以確定的是、我書中的映佐寫的也不是我所認識的映佐而只是虛構，之所以會借用她的名字、完全只是因為覺得她的名字很好聽，這樣而已。

再次謝謝你的來信以及鼓勵，要繼續支持我的小說哦。

YOURS」

SEND。

把信寄出去之後，不知道為什麼，我突然感覺到非常寂寞。

認。識。且。思。念。

那信裡的這五個平淡無奇的字眼不知道為什麼卻突然讓我感覺到脆弱了那麼一忽忽。

不曉得這個世界上有沒有哪個認識的誰會像他那樣思念映佐般思念著我呢？我不知道，除了家母之外我不知道還會有誰。

我不知道這個世界上有沒有哪個認識的誰是不是思念著我，其實我更沒有把握的是，在這個世界上、活在這個世界上、我有沒有被誰思念著？

在那麼一忽忽的脆弱裡，我突然萌生一個好荒謬的念頭，我想假裝是某個小翔不認識的讀者，然後發封讀者來信給他，問問他書裡寫的那些人裡面哪一個是代表我？而、又哪一個是代表她？不，其實我知道答案，畢竟我們曾經那麼熟悉過也那麼了解過，哪裡還會被那些寫作技巧所蒙蔽、哪裡會需要真正的名字才能確定所書寫的人呢？

而其實我真正想問的是，為什麼在書裡、小翔的「我」選擇了我，而現實生活中，小翔卻選擇了她呢？

為什麼我竟然會那麼後知後覺呢？難道那些熟悉那些了解那些相知相惜那些互相

需要互相陪伴都只是一場單方面的誤會嗎？

我寧願相信是誤會是後知後覺是我笨到不行，也不願相信是小翔從頭到尾都只是在演戲、演一場只有我們兩個人一起到最後的愛情戲。

但，那又怎樣呢？

那又怎樣呢？

嘆了口氣，我打開音樂，挑出林俊傑的那首「無盡的思念」然後按下REPEAT鍵讓它REPEAT到底、陪我脆弱到底。

風吹過欺騙　你無法兌現　那年的夏天你許下的誓言
斷了的琴絃　彈奏著從前　一起走過的路線沒有終點
昏黃的光線　照射陳舊的水面　映出那朵玫瑰思念的畫面
你走的那天我決定不掉淚　迎風撐著眼簾用力不眨眼

第四章

打從我認識家母開始，她所秉持的人生態度就是：睡覺去！睡個好覺一覺醒來又是個新的開始！只消好好睡覺去！沒有什麼事情是過不去！

我想家母說的真對。

而這也是我從家母身上遺傳到的最好基因：不管遇到什麼煩心事、只消腦袋沾到了枕頭邊，總是就能夠立刻睡他個二五八天的。

照例是睡了長長的一覺醒來之後，我伸了個懶腰，然後打從心底覺得這新的一天什麼都很好，天氣很好陽光很好空氣很好心情很好，就是連隔壁鄰居媽的到底要施工到什麼時候的尖銳噪音都感覺很好。

唯一比較不好的是，我遲到了，而且還是上班的第一天！

約定的上班時間是早上十點鐘，而當我驚慌失措趕到辦公室打了卡的時候，打卡鐘上面的時針指著是十一點過一會，而小小辦公室裡的少少的人則只有一個，連那隻笑臉黃金獵犬都不在。

「嗨，妳好。」

抬頭看了我一眼，接著這台北味很重的馬尾女又把視線擺回電腦螢幕上，順著她的視線望去，我看見她正專注的玩著某個我不知道的小遊戲，時不時的還發出咻咻碰的小遊戲。

「妳好，嗨。」摸了摸鼻子咬了咬牙、我又重覆了一次：「我是新來的編劇，抱歉我好像遲到了一會。」

依舊是頭也不抬的緊盯著電腦螢幕，這馬尾女操著好聽的聲音、極盡冷淡之能事的說道：「我是舊來的編劇，這裡沒有遲到這回事，妳的位子在隔壁，而我就快破第十關了。」

唔。

嘖了一聲之後，馬尾女終於把視線擱向坐在她身旁位子正在打開電腦的我，指著角落裡的書報櫃，她說：

「那裡有蘋果日報和壹週刊，妳先隨便看點什麼打發時間，待會葉哥到了會帶妳。」

「所以我上班的第一件事情是看報紙？」

「還是妳也想玩這遊戲？」馬尾女的眼睛亮了起來：「我這邊有光碟，可以借妳灌軟體。」

「呃……不用了，謝謝。」

然後她就對我失去了興趣，當我看完壹週刊上的瑪法達星座詛咒我這週的運勢會差到一個不行而且一差就是兩年的時間——奇怪有必要這樣唱衰人家嗎——時，馬尾女漫不經心的開口同我說話，只不過她首次友誼性的示好所說的是我最不想聽到的話：

「聽說妳和小俊是初戀情人？」

「不是。」

爾後我才知道，原來馬尾女是這公司的當家編劇，儘管她每天到公司唯一做的事情就是打開電腦玩那遊戲以及抱怨公司冷氣不是太冷就是太熱或者根本不冷也不熱、她甚至連辦公室牆壁的顏色都很有意見，但誰也沒辦法的是、她劇本寫的又快又準，天曉得這到底是怎麼一回事，因為從來沒有人親眼看過她關掉遊戲寫劇本；她最得意的事蹟是這公司收視率最好的戲全是出自於她筆下，而最遺憾的則是那遊戲她始終破不了第十關。

不過那是爾後，而當下的我唯一知道的是，小俊那病王八早在昨天就逐一宣布只差沒打壹週刊的爆料專線說我和他是初戀情侶的這病消息——

「嘿！妳就是傳說中小俊的初戀情人哪？」

抬頭一看，是兩個一胖一瘦的女生組合一前一後出現在我面前坐在我的對面並且透過電腦說出這麼個世界謠言來；要不是早一步知道這區塊是編輯群專區，否則我真會以為她們是總務小姐而且還是民國光復初期那年代的，因為她們看來實在有夠樸素！用不著爾後、當下她們就友善的同我聊天，自我介紹道她們自己組了個團叫作是無間二人組，她們每天到公司的第一件事情是盡情的喝茶聊天談八卦，等聊他個夠之後才開始埋頭專心寫本，而且寫出來的劇本還默契好的看不出來是分別出自於兩個人之手；這合作無間的無間二人組專長寫的是社會慘案、情殺仇殺之戲，儘管她們不開口的話身上所散發出來的盡是祥和之氣，而一開口的話則是沒完沒了的叫人想要逃命。

「還有個編劇是胖胖妳會見到她。」

「如果妳會繼續待下來的話。」

「哈！人家才第一天來妳別這樣嚇她啦。」

「對吼，話說到哪？」

「胖胖。」

「對，胖胖，不過妳不會常看到胖胖除非是她進公司交本或走本。」

「交劇本或跟導演走劇本。」

「跟導演走劇本的意思是討論劇本有哪些場面不好找要修改之類的。」

「人家明天又不一定會再來妳別說這麼多啦。」

「對吼，話說到哪？」

「胖胖。」

「對，胖胖。而且胖胖進公司也不會在她的位子上。」瘦無問指了指餐桌的方向，繼續她們這一句接著一句的唱雙簧：「我不是在吃東西，就是正在吃東西的路上，這是胖胖的名言，哈～～」

「或者吃完了東西正準備再吃，哈～～」

此時我的手機響起，這才終於打斷了這雙人相聲，接起電話，打來的人正是我的主編。

「大編劇，工作還順利吧？」

把聲音壓的低低的，我說：

「你該死了你！居然亂把我的號碼給別人！」

「初戀情人沒關係吧？」

「講幾遍到底要我講幾遍！我和那個瘋子沒談過戀愛！」

「啊是哦，我倒是聽到一個謠言耶，小翔——」

我倒是不想聽這個謠言，所以我扯開這個話題：

「講到謠言，我倒是聽說那個誰誰誰和女讀者有一腿而且還把人家的肚子給搞的大大的。」

然後我聽到手機的那頭清楚的倒抽了一口氣，然後我感覺到我的頭皮麻了那麼一下：

「呃……我以為這是個公開的祕密。」

手機的那頭接著吹了個長長的口哨，很好，我知道了，這不是個公開的祕密——直到我告訴這個大嘴巴為止——趕緊轉移話題的，我問道：

「欸，我說、你和你女朋友的感情順利嗎？」

「很順利呀，怎？妳是打哪聽到這個大肚子消息的？」

「別理那個大肚子謠言了，欸，我說你們是會有結婚打算的那種順利嗎？」

「差不多是呀，怎樣啦？是誰告訴妳的啊？妳認識那個讀者嗎？可以給我她的電話嗎？妳知道我一直很想把那個誰誰誰趕下排行榜，這可是個大好的機會！嘖嘖嘖，真是想不到他那長相竟有這本事！他們真的見過面嗎？對哦、沒見過面怎麼大肚子。」

「我更正，沒有誰把誰的肚子搞大，就算有也不是我說的，ＯＫ？嘖！欸，我說、那你們結婚的話會找我當伴娘嗎？」

楞了那麼一會之後，這傢伙馬上忘記大肚子謠而言結結巴巴的反問道：

「可是妳又不認識我女朋友，她怎麼可能找妳當伴娘？」

「那好，我跟你無話可說了，還有、我沒說過誰把誰的肚子搞大了，切記，再會。」

掛了手機之後，我先是聞到一陣濃厚的酒氣再是抬頭以為陳昇正走向我，結果定眼一看才曉得原來並不是，而只是個長得超級像陳昇的可愛歐吉桑，不過是個操著濃濃外省腔的仿陳昇，而且他開口的第一句話實在是非常不可愛甚至不可取。

操著濃濃的外省腔、他說：

「嘿，小俊的初戀情人，有意思。」

「我不是小俊的初戀情人。」

這話他想了想，然後不太理解的搖搖頭，接著管他的自我介紹道：

「我是葉大哥，以後會負責妳的劇本，所以如果妳要馬屁狗腿誰的話那對象就是我。」

說完他自己覺得好幽默似樂的笑了起來，然後我只好也配合笑了幾下，接著他搖搖晃晃越過我身後走到他自己的位子，屁股都還沒坐定就先拉開抽屜拿出一瓶威士忌就著瓶口乾他個一大口：

「我喜歡，初戀情人再相逢的這玩意，」打了個酒嗝：「有意思。」

「呃……我真的沒有和小俊談過戀愛。」

「這好玩！就跟小俊說的一模一樣，他說分手的時候傷妳太重，所以問起這事妳肯定會全盤否認，有意思，有意思！」

有意思，看來要徹底根除這個可惱謠言的唯一解決之道就是把小俊殺掉。

一邊埋首讀著那酒鬼丟給我的劇本、一邊用餘光偷偷瞄著他繼續咕嚕咕嚕直到驚訝他老頭乾乾脆脆的醉倒然後砰一聲的從椅子上摔到地板上醉倒呼呼大睡為止，當他倒地的那一瞬間、辦公室裡的每個人都只是抬頭冷冷看了一眼、再冷冷把眼睛擱回原來的地方；就是在這個時候，還沒想到該怎麼把他殺掉的小俊晃到了我的桌邊，我以為他是過來要扶起那個酒鬼，但結果他卻是揑在電腦旁同我說起話來：

「嘿！學妹，工作還習慣嗎？」

「還、還可以，倒是……他不要緊吧？」

指著攤平在地板上的那團肉，我緊緊張張的問道；相較於我的反應、小俊倒是輕輕鬆鬆的笑了起來：「別緊張啦，這場面我們可都見怪不怪了。」

「但……這樣正常嗎？」

「這裡沒有正不正常這回事，只要妳有本事準時把劇本交出來，就算要在辦公室裡裸體跳天鵝湖都沒有人會反對。」

可還真是有建設性的過來人經驗談喏，這色胚。

十分鐘之後，我和這色胚離開公司到附近的拉麵店吃晚餐，這倒不是說我樂意與小俊建立友好的同僚關係，而完全只是因為在下的人生原則是：只要有人請吃飯就從來不會拒絕；就像是我同意每天每天把家裡打掃的亮晶晶的，但我從來不同意自己出去倒垃圾。

自從十二歲那年被家母騙去倒一袋裝有隻老鼠屍體的垃圾之後、我就恨透了倒垃圾這件事情；而自從小翔離開我的公寓之後，我亮晶晶的公寓就開始產生了垃圾危機。

「嘿！聽說妳和小翔交往過？」

把整碗拉麵吃得光光的抹了抹嘴巴之後，這是小俊開口的第一句話。

交往過。我注意到他話裡的時態用的是過去式；我不知道是這時態惹惱了我、又或者是為什麼這『交往過的事』卻要被這麼多不相干的人知道！

知道，且過問。

「誰說我們交往過了？」

「出版界的人都在傳呀，畢竟小翔那麼有名——」

夠了！

「我說的是我們！我和你！誰說我們交往過了？為什麼每個人都要不經過當事人的同意就到處把話亂說把消息亂傳呢！為什麼他媽的每個人就那麼喜歡越過別人的肩膀偷看探聽別人的私事呢！那到底干你們他媽的什麼屁事呢！我老娘生我下來給我這個名字不是為了要給你們八卦消遣用的這樣你明白我意思嗎！」

我承認我這是在遷怒於小俊，因為自從和小翔分手之後我就一直很憤怒；但我不知道原來小俊這麼CARE這件事情，這件我們曾經『交往過的事』——

「我們沒交往過？」

「沒有。」

「那不是交往是什麼？」

「在我的定義裡，那不算交往。」

我很高興終於有這機會把這話說清楚，但我沒想到原來把話說清楚之後感覺並不會比較好過。

「那我請問妳，妳怎麼定義一段感情？」

結果小俊這麼反問我，而我回答不出來。

有些人認為約過會算是一段感情，有些人認為接過吻就算是一段感情，而有些人認為上過床才算是一段感情，但有些人則認為上過床卻沒高潮過還是不算一段感情；有些人以時間長久定義一段感情，有些人認為只消有過心動的痕跡就算是一段感情，而有些人則認為心動過卻沒開口告白過還是不算一段感情，但有些人連對方本名什麼都不清楚、就憑彼此的ＩＤ以及在網路上的交會就將它定義為一段感情還互相喊起公婆來。

我不知道那些人是對是錯，沒有人能夠定義那些人是對是錯；我只知道儘管寫過這麼多關於愛情的小說、我仍定義不出來如何才能稱之為一段感情的成立，但我知道的是、當我們懷疑著猶豫著一段感情到底能不能定義成一段感情時，那段感情便不成立。

而我們的感情則成立，這裡的我們指的是我和小翔；成立、且完整，完整到幾乎無可挑剔。

但、那又怎樣呢？

》第五章《

「妳這話讓我想起了昨天晚上看的那場球賽，雙方戰成平手的九局下半，想搶下第一個好球數的投手結果第一顆球就被首名打者咬中而且還擊出個再見全壘打！咻——碰！比賽結束，投手含著眼淚走下投手丘。」

這是雅蘭聽完我和小俊在尷尬拉麵店的對話之後所講演的第一篇長篇大論。

嘖嘖嘖，這雅蘭，可真是鍥而不捨第一名的，不管聊什麼話題她總是能夠扯到棒球去；不過此時確實我們就是坐在天母棒球場裡看著棒球賽沒錯，倒不是說我被雅蘭的狂熱給感化於是也愛上棒球，而完全只是因為她願意替我倒垃圾於是我願意陪她到球場看球賽的交換條件而已。

反正垃圾再不清也不行了，反正這週末我也閒閒沒事而且又不想回家去，反正和雅蘭這狀況外的傢伙聊聊天扯扯屁轉換轉換轉換心情也不錯。

不過總是狀況外的雅蘭，此時此刻卻是視線緊盯著球員的屁股而嘴裡卻吐出了狀況內的名字——

「對了，我前幾天遇到宋育輪。」

宋育輪，小翔的乾姐姐，老是帶著焦糖冰咖啡來然後幹掉我一整盒家庭號冰淇淋的宋育輪，我好久沒聽到的名字，我列入了封鎖的名字。

我抽了出來歸檔擺到了過去的名字。

「哦。」

「她問我妳還好吧？口氣怪怪的但表情卻很認真，妳是怎麼了應該不好嗎？」

我和小翔分手了，所以順便連她也不見了，本來嘛、她就不是我的朋友，所以這段感情過去之後也沒道理再繼續和她聯絡，以至於冰箱裡那盒家庭號冰淇淋我一直不曉得該拿它怎麼辦；這沒什麼好奇怪的，我沒怎麼了，我很好，沒怎麼了應該不好的。

我不是很有把握、但我儘量這麼告訴自己，我儘量這麼告訴自己、也儘量讓別人這麼相信，於是我輕輕鬆鬆的說道：

「哎～～妳知道，她就是希望我怎麼了，我們的相處模式就是這樣喜歡互相唱衰，沒事。」

只是不知道為什麼，在說出沒事這兩個字的當下，我突然覺得有點感傷，我不太習慣這陌生的感傷，於是我只好熟悉的刻薄：

「對了，妳結婚的話會找我當伴娘嗎？」

不等雅蘭回答，我就說出了早準備好的話，我以好抱歉的表情誠懇的說道：

「哦……抱歉，我無意羞辱妳。」

「啥？」

「我無意提醒妳嫁不出去的這件事情。」

「妳去死。」

「哈。」

我嘴上哈了一聲，而心裡卻苦了一下。

宋育輪。

我想起最後一次和宋育輪見面的那天，她照例是帶了兩杯焦糖冰咖啡來探我，不過卻反常的沒幹光我冰箱裡的家庭號冰淇淋，因為她的注意力都放在我身上，而我的注意力則全放在天花板上那道我始終看見卻始終沒去理會的裂痕上。

「對不起，我不知道原來他們一直沒有完全分手。」

宋育輪說，而我沒有反應，只是習慣性的接過她手中的焦糖冰咖啡，照例是插了吸管喝它那麼一大口；我還是希望一切都沒有改變，儘管我打從心裡知道，這一切都已經改變。

「我不知道她等了小翔那麼多年，我不知道她知道妳的存在卻還是願意等小翔，等小翔回頭、等小翔……」

「冰箱裡有冰淇淋，芒果口味的，放心吃、我沒放瀉藥也沒偷吐口水更沒偷放屁在上面。」

「嘿！妳還好吧？」

「吃完了記得順便幫我把垃圾帶走。」

然後宋育輪就哭了，我不知道幹什麼這件事情該哭的人怎麼會是她，我覺得好生氣，所以就把她趕走了，我不知道幹什麼這件事情該被趕走的人怎麼會是她，我覺得好生氣，所以我就哭了；當宋育輪把門關上的那一瞬間，我哭了那麼一下下，因為當下我突然意識到，往後這扇門再開啟再關上，都不會再有和宋育輪那世界在變而我們卻始終永恆不變的對話了——

「來幹嘛？」

「買了STARBUCKS的焦糖冰咖啡來給妳喝。」

「黃鼠狼給雞拜年哪妳。」

——都不再有了，當宋育輪把門關上之後，我看見小翔曾經帶給我的所有一切，都要回去了。

在門關之後。

「喂！妳是發現了什麼好屁股是不是？專注成這樣？」

雅蘭的話打亂了我的思緒，我就知道和這狀況外的笨蛋出來是對的。

「嘖，妳這色胚，天曉得我真開心沒有人會看見妳滿腦子跑的是什麼畫面。」

「哈，好說。」搖搖頭，像是把滿腦子繽紛的顏色搖開之後，雅蘭繼續問道：

「對了，妳的編劇工作如何？被Fire了沒？」

「託你的福，還沒，而且還順利的不得了。」

「因為和小俊不用在同一間辦公室？」

「這也是原因之一。」

在連續看了三天的劇本之後，醉醺醺的葉大哥趁著他老大還沒醉倒之前要我開始找題材動手寫結構，隔天寫好了結構趁著他老大還沒醉倒之前交給他，結果葉大哥把了把之後稱讚說很好、要我星期一跟他們一起開會，然後就乾乾脆脆的醉倒在地上。

「我得說我很替妳感到高興，妳的被害妄想症終於能夠正正當當的派上用途了。」

「我沒有被害妄想症，我只是有潔癖。」

「那是誰昨天緊張兮兮的打電話來說覺得很可怕因為天花板好像要裂開於是即將被活埋就問我是要打一一九還是一一〇？」

「那可不是被害妄想症，而且這件事情我得再澄清一次，我天花板確實是有裂縫而且糟的是我樓上的房客可是個大胖子。」

嘆了口氣，雅蘭不再和我爭辯，不過倒是亮著她的小眼睛、慫恿著：

「我說、如果妳可以把棒球這題材寫進妳的劇本裡，我就會開始以妳這個編劇朋友為榮了。」

「我說妳死了這條心吧！我不會再上妳這個當了！上次被妳慫恿打電話問出版社出曹錦輝的自傳就已經夠賣妳面子了！妳還欠我一頓、妳這王八蛋。」

真是搞不懂那時候為什麼雅蘭一句「我會以妳為榮」聽得我覺得好有吸引力於是就當真拿起了電話打給出版社，結果是被噗哧一下之後拒絕了，因為聽了之後出版社的老闆問我為什麼有這個提議而我老實的告訴他因為這麼做的話我的朋友很會以我猜榮，接著再一次的出版社老闆誠懇的提議我去看心理醫生。

「妳才是不夠朋友的王八蛋咧。」

「講到朋友……」突然想起了那讀者來信：「有個讀者寫信來問我書裡的一個名字。」

「嘩！不會是我吧？」

「我再說、妳死了這條心吧！我永遠不會把妳的名字用進我的小說裡的。」

「哼。」

接著我告訴雅蘭那讀者那來信那映佐那認識且思念的這五個大字，不過雅蘭只是揚了揚眉毛並且沒有任何感想、關於認識且思念的這五個大字，我想那大概是因為她從來沒有被誰認識且思念過吧！

哈！

「結果妳怎麼著？他又回信了。」

「哦。」

「照例是客客氣氣的恭維一頓之後，他問我讀的是哪個大學，因為他看作者簡介上的年紀、懷疑我的大學同學就是他認識且思念的映佐，而他想知道後來映佐唸了哪間大學。」

「真是奇怪，既然是那麼認識且思念的人，怎麼會不知道映佐唸什麼大學？」

「跟我奇怪的一樣。」

「聽起來好像他們有過一段的感覺。」

「跟我懷疑的一樣。」

「結果咧？妳怎麼回信？」

「我還在考慮要不要回信？」

「為什麼？」

「因為他跟我要MSN。」

「那妳更應該回信呀，妳MSN名單上除了我和秋雯之外還有誰嗎？」

「我家母。」

「哎～～」嘆了口氣，雅蘭又說道：「說到妳媽媽，她上次打電話給我。」

「幹嘛？」

「問我她女兒是不是未免也太久沒回家了吧。」

「哦。」

「妳幹嘛那麼久不回家呀？未免也太不愛媽媽了吧。」

「儘量不回家就是我愛她的方式。」

「疑？」

「實不相瞞、我對家母有點心結過不去。」

「疑？」

「我清楚的記得有次我客客氣氣的指出那天晚餐的飯粒煮得太硬，結果家母聽了之後只說了句俚話給我聽。」

「啥俚語？」

「歪嘴雞吃好米，妳曉得這句台語的意思嗎？」

「那當然，別忘記我們家可是務農世家，要不是三七五減租的話我現在可不會是個小店員卻是個大小姐，這就是為什麼我每年蔣公誕辰都要不化妝以示抗議的原因。」

「三七五減租是蔣公還經國先生？」

「哎～～隨便啦，誰有空記那些沒得放的假。」

「哦……嗯，我得說家母的這句話傷透了女兒我的心，那天我還躲在棉被裡偷哭，如果說我現在人格有什麼瑕疵、往後人生走上什麼歧路的話，我敢指著老天發誓就是這件事的錯！」

「是哦?啥時候的事?妳上次回家?」

「不，我六歲那年。」

「我輸了妳了我承認。」

好說。

「出場了出場了！」

突然的、雅蘭整個人跳了起來，激動的只差沒跳進球場裡跑到投手丘上把那個背號十九號的球員給攔腰劫走帶回家去私自收藏。

「丟臉死了妳！幹嘛呀？」

「我的新目標！」依舊是情緒亢奮口沫橫飛的哇啦啦了一長篇之後，雅蘭捧著心頭表情陶醉：「我真是愛死了他的笑容了好可愛！我說好可愛妳聽到了沒有？」

「連布希都聽到了啦，拜託妳含蓄點好咩！」

不管我，雅蘭依舊自我陶醉著：

「妳知道如果能夠和擁有那種笑容的男人生活在一起的話會是多麼幸福的一件事

情嗎？」

「嗯嗯，祝妳幸福。」

「而且他兒子好可愛喏～～」

「什麼？是個結了婚的人囉？」

「是呀，而且生了個好可愛的兒子喏～～」

「老天爺，像這種結了婚的人就讓他老婆支持他就可以了好嗎？照我說結了婚的男人都應該被關在家裡不要出來亂跑。」

「妳實在是太偏激了，老愛封殺已婚男人。」

「好說。」

「瞧瞧那笑容、這在你們小說家會怎麼說？那個……那個……」

「只要你一笑，全世界都亮了。」

「這個好，妳介意我寫在他後援會的留言版上嗎？」

「什麼後援會？」

「他的後援會呀，我昨天GOOGLE了他的名字一整晚——」

在雅蘭哇啦啦嘰呱呱的時候，我突然被GOOGLE這詞給點醒了。

原來如此。

他GOOGLE映佐，於是找到了將映佐這名字用進小說裡的我；我不知道他心裡想的是什麼，但我知道那完全不關我的事。

第六章

「妳拿著放大鏡看劇本幹嘛？」

「想看清楚老娘的劇本是哪裡媽的出了問題。」

「哈！有妳的，不過、我的最高記錄是修到第十七稿才終於定本。」

「謝謝你的祝福，不過、你去死。」

這是我和小俊第一次重新展開的友好對話，在我們持續了兩個星期的尷尬期——互相意識到彼此的存在卻又彆扭的裝作對方並不存在、於是更加提防對方出現在自己的視線範圍之內以致於總是弄巧成拙的出現在對方的視線範圍之內而終於搞得雙方都累趴趴的——之後，小俊再次咚咚咚的晃到我的桌邊，用手指順了順已經瀟灑到不行的頭髮，開口打破了我們為期兩週的尷尬。

而當時我正開完第三次的編劇會議，氣呼呼的瞪著第四次被退的修稿，嚴肅的考慮該如何在葉醺醺——老是喝得醉醺醺的葉大哥——的酒瓶裡偷摻瀉藥以洩心頭之恨。

「不過其實我的主要目的是，他們要我問一下為什麼妳老是戴著安全帽口罩還穿雨衣的來開會？這是有什麼目的嗎？」

「這是無言的抗議，你們菸抽得實在太兇狠了，我可不想每次開完會後回到家還發現自己聞起來仍依舊活像條煙醺鮭魚。」

接著小俊開開心心的笑了起來，於是我才發現他笑起來的樣子其實還滿cute的；就在我驚訝這個發現的時候，小俊開口邀請我到公司附近的這家拉麵店吃晚餐，於是此時此刻的我們就坐在這兩個星期前的尷尬拉麵店吃著象徵合解的大拉麵，並且再次的以學長對學妹——編劇、而非國中——的姿態，聊起這該死的折磨人的編劇工作。

「未免也太惡搞了吧！昨天還說ＯＫ結果今天又說想了想覺得還是要修改，真的媽的葉醺醺！他如果只是單純的想要挑戰我的忍耐極限逼我失手把他殺掉的話他可以直說沒關係！」

「哈！妳算幸福了。」稀哩呼嚕的喝乾碗裡的湯汁之後，擤了擤鼻涕再打了個嗝，小俊又說：「他起碼是『請』妳再改改，妳知道我的老佛爺當初是怎麼對我的嗎？」

「怎麼？」

「他帥氣的把劇本丟到我的臉上還咳了口痰，誇讚我真是了不起，文盲也能當作家現在還跑來寫劇本。」

「真虧你嚥得下這口氣。」

「沒錯，妳知道當劇本丟到我臉上的那一瞬間我心裡的OS是什麼嗎？」

「放火燒光他的頭髮，接著再把他的手指頭一根一根折斷？」

「好主意，哈！難怪葉大哥不敢丟妳劇本。」

「好說。」

「不過不是。」掏出菸盒然後被我瞪了一眼於是又默默的收回菸盒之後，小俊又說：「我當時心想，總有一天我也要做到他那個位子，當我的編劇在絞盡腦汁寫劇本的時候，我也在絞盡腦汁想要怎麼羞辱我的編劇才厲害。」

「嘖嘖嘖，你們編劇界真是夠險惡的，我想我還是退出好了。」

「這話可別說得太早，我包準妳看到自己的作品被拍出的時候，妳會馬上忘記先前的那些羞辱。」

「這前提是我的作品被拍出之前我和葉醺醺都還沒互相尖叫著找殺手把對方殺掉。」

「哈！說到殺手，妳不曉不曉得有個作家叫九把刀？」

「嗯，怎樣？」

「他最近出了本新書叫作是《殺手，風華絕代的正義》妳看過沒？」

「還沒呀，怎樣？」

「我懷疑他是在影射我。」

「此話怎樣？」

「他書裡是寫個作家想找殺手把擋在他排行榜之前的作家都給殺掉好擠進第一名，但因為名單太長而且還分頁、結果就被那殺手給嘲笑一頓之類的。」

「嗯，然後呢？」

「然後我懷疑他這是在影射我是那個作家。」

「你病了你。」

「不，他真的是在影射我，雖然我搞不懂奇怪我們又不認識、他幹嘛要這樣影射我？」

「你病了你。」

「我想我勢必得寫封媚兒問問他做什麼要這樣影射我。」

「哎～～」

真高興這個世界上不只我一個人瘋了而已。

吃完了和解大拉麵之後，接著我們再次移駕到對街的星巴克喝焦糖冰咖啡，這倒不是說經過一餐不再尷尬並且還算愉快的合解大拉麵還發現對方和我一樣瘋之後，我就急巴巴的想和小俊當起好朋友來，而只是純粹的因為本人的原則一向就是：只要有人請客、就從來不會拒絕。

吸著焦糖冰咖啡，延續著方才在拉麵店裡的話題，忍不住我想起了那個讀者SUN昨晚在媚兒裡寫的那句話——

「欸，你覺得我給人的感覺像陳綺真嗎？」

小俊定定的打量著我，然後聳了聳肩膀：

「怎麼問？」

「有個讀者這麼說，看我的書、想像我的本人好像陳綺貞的感覺，還說看書時聽著陳綺貞的音樂會特別對味。」

「我怎麼不曉得陳綺貞的歌聽來有惡毒的感覺？」

「你去死。」

小俊又開開心心的笑了起來，然後這次我發現的是，怎麼他的笑容讓我想起雅蘭喜歡的那種？

「欸，那如果讀者問你要MSN的話，你會給嗎？」

「給呀幹嘛不給？」

「哦。」

「講到讀者，倒是我最近聽到個不得了的大八卦！」

「啥不得了的大八卦？」

湊近了我的耳朵旁，小俊神神祕祕的說道：

「聽說啦啦啦搞大了讀者的肚子哦！真是不得了！」

確實不得了，沒想到這八卦居然傳得這麼快。

要命！

「你聽誰說？」

「最近大家都在說呀，已經是個公開的祕密怎麼妳還不曉得？」

「我不曉得耶。」

裝出甜甜的聲音，天真無邪的我說道。

但其實我曉得，而且我還曉得這祕密就是從我這開始變成公開的祕密。

要命！

為了避免再失言，趕緊換個話題先：

「我說這個……你最近有看什麼好電影嗎？」

「電車男。」

小俊說，然後變了臉色，哀傷的臉色。

然後我才發現，每次我試圖想轉移話題時，總是會轉移到更糟的話題去。

「看完之後我整個人受到了很大的震撼。」

「疑？」

「我覺得受到了很大的傷害。」

「疑？」

「我懷疑它在影射我。」

又來了！

「你幹嘛疑神疑鬼的懷疑每個人每件事都在影射你呀？」

「因為我最近很沒有安全感。」
「為什麼？你住的地方屋頂漏水？」
「不，是我的初戀情人鄭重否認我們曾經交往過。」
「……」

「我問妳，我長得很醜嗎？妳老實告訴我沒關係。」
「我老實告訴你並不會，還滿cute的你。」
「打扮很差嗎？身材很爛嗎？」
「並不會呀。」
而且我還注意到他肌肉線條看來是有偷練過，褲子雖然故意穿垮、但屁股看起來還滿緊的，雖然高度是尚可而已、但整個人比例倒是還滿黃金的，天曉得他每天在健身房裡砸了多少時間在全身鏡前呼呼呼了多久。
「還是說我個性不好？」
「能和我相處兩個小時以上還不掉頭走人的，我想你個性是絕對的沒問題啦。」
「那為什麼我覺得那個電車男好像是在演我！我明明就沒那麼差呀！不是嗎？不是吧！」

小俊呼天地搶地的哀嚎著，而我則是尷尬了起來：

「呃……恕我冒昧問一下，你該不會還是……咳……處男吧？」

尷　尬

「我截至目前為止只談過兩次戀愛，一次國中一次高中，高中的時候我輕輕鬆鬆的和對方提分手因為反正一直就很受女生歡迎，我承認我臭屁又自戀，但我真的沒想到會一直就沒再遇到過喜歡的女生，然後我告訴自己沒關係又不急，反正我條件好才不想隨隨便便找個女人為愛而愛，我不是自命清高我只是有起碼的原則，接著我慢慢的意識到戀愛運好像越來越不好、直到我看到電車男這部電影，我難過的發現怎麼搞的曾幾何時我變成了所謂的電車男。」

「呃……」

「而且嘔就嘔在這裡！如果我條件差就算了那我就認了！但明明我條件還滿優的呀不是嗎！我這話並沒有在自戀的意思但到底為什麼明明條件還滿優的我結果卻變成

了個所謂的電車男呢！怎麼會這樣呢！我也不是挑剔不過是想要找個真心喜歡的女人好好的談場感情而已為什麼結果卻這麼難呢？為什麼我這麼優的條件結果卻到了二十七歲卻還是個處男呢！為什麼我要忍受這一切呢！」

越來越激動的小俊、此時突然把話打住而定定的看著我：

「還是妳要我更正國中那次不算？」

「呃……」

「因為坦白說妳否認那段感情讓我還滿傷心的。」

「呃……」

「好，我問妳，妳怎麼定義一段感情？」

「呃……」

「上過床才算？」

「呃……」

「算了，我才不管妳怎麼想，反正在我的定義裡，那就是我的初戀沒錯！」

「為什麼？」

「因為在那個時候，我確實有戀愛的感覺，我才不管妳怎麼定義，但我自己知道我那時候確。實。是。在。戀。愛！」

不知道為什麼，小俊的這句話卻打動了我心底的某個部份，不、其實我知道為什麼。

在沉默了三秒鐘左右之後，我誠誠懇懇的說道：

「對不起，我忘了。」

「忘了什麼？」

「忘了我們曾經戀愛過。」

「雖然這句話的語法聽起來怪怪的，不過、沒關係。」

「嗯。」

「還要再來一杯咖啡嗎？」

「好呀，熱拿鐵，謝謝。」

「不喝焦糖冰咖啡了？」

「不了，我喝夠焦糖冰咖啡了。」

「沒問題，還有、那個……」

「啥？」

「不要說出去好嗎？」

「啥？」

「關於某人還是處男的這件事情。」

「沒問題。」

第七章

「每次來到這種地方總是會讓我想起一個這輩子聽過最恐怖的故事。」

在秀琪——也就是那個失戀含著兩泡眼淚把我找到樓梯口聽她訴苦結果今兒個結婚卻連伴娘也不給當的小氣國中同學——的婚禮上，秋雯一邊敲著碗筷催促上菜一邊慢慢說道：

「故事的主角是我一個小時候一起長大的童年玩伴，她在高職畢業後就在離家只消五分鐘路程的鞋子公司當會計，接著沒多久就和公司的業務談起戀愛來，再來沒多久、接著兩個人開開心心的結了婚，喜宴是在自家門口的流水席，新家是在娘家的對街，附帶一提：不管是流水席、鞋子公司、高職都在我們從小生活的那個社區裡，而且重點是、那還是她的初戀。」

「好一個王子公主的從此幸福快樂的童話故事，有感人。」

我說，然後打了個呵欠。

「嗯，我上次回去吃她小孩的滿月酒，發現我這個童年玩伴除了多出一個老公兩個小孩以及薪水加了五百之外，什麼都沒有改變，連客廳窗簾的花色都沒變！」

「所以這故事是恐怖在她薪水只加五百還是客廳窗簾花色沒變？」

「工作好幾年薪水只加五百確實是恐怖，不過那不是重點；客廳窗簾的花色也不是重點，只是我剛剛講著講著突然想到這件事情而已。」

「還是說她生完小孩身材走樣暴肥到客廳塞她不下？」

「不，她身材倒是也沒怎麼變。」瞄了瞄自己的腰圍之後，秋雯心虛的停止敲筷子催上菜的舉動，咕嚕咕嚕的乾了杯烏龍茶又往嘴裡丟了顆喜糖之後，她繼續又說：「我的意思是，她這輩子就只生活過那麼一個社區，去過最遠的地方是墾丁還是因為畢業旅行而且還是每個畢業旅行！接著她做第一份工作就一直待下去，愛第一個男人就跟他結婚去，從來也沒比較過別的生活別的工作別的男人就這樣子懶惰的把她的這輩子過下去，換也不換想也不想人生搞不好還有別的可能，妳說這還不夠恐怖？」

「我同意，而且就是連身材都懶惰到沒變過，確實是恐怖到一個極點。」

「別再提身材了。」秋雯狠狠的扳了扳手指頭，我於是識相的把視線從她的小腹移回來。

「倒是妳有什麼資格說這話？妳不也是愛情從一而終族嗎？」

「這就是為什麼我一直還沒答應大胖求婚的原因，一想到輪到自己過起那種我取笑到不行的恐怖生活就吃不消。」

「老天爺！妳被求婚了？」

急急的打斷了我的話，秋雯不自在的怏怏說道：

「放心，我到時候一定會找妳當伴娘的，可不想到時只收到一千塊的紅包卻要付出五個席位的代價，哼，這搞不好會變成往後我婆媳問題的禍端。」

「好說，但妳知道我要講的不是這個，而是妳也差不多該把大胖介紹給我們認識了吧？而且、我包的是一千兩百塊好咩。」

除非是確定對方就是一起到老互相折磨直到天荒地老誓死方休的人、否則絕不把男友介紹給姐妹們認識，這是我們四個人長久以來的默契——為了男友換不停的淑婷所著想的默契——當然。

「倒是我不知道妳和小俊進展這麼快呀？已經準備把他介紹給我們啦？」

順著秋雯的視線望去，我們同時看見小俊正以自認為最帥氣的姿態走向我們。

「不，嚴格說起來是要介紹給雅蘭。」

「了解。」

「還有，別洩露我洩露他還在室的這祕密。」

「沒問題。」

結果問題可大了，於是我才知道原來我的朋友和我一樣都是守不住祕密的大嘴巴混帳。

事情發生在淑婷與雅蘭相偕出現的不到一分鐘時間裡，了不起真的是，第一次遇到有兩個人可以在一分鐘不到的時間就迅速培養出互看不順眼的濃烈情感；在一分鐘不到的時間過去之後，這兩個一開始就互看不順眼到極盡挖苦之能事接而洩露我洩露他們擁有同樣的祕密之後，就果斷的把臉轉開把椅子挪開把腳在桌子底下踹開。

「男人一矮就沒有說服力了！」

雅蘭說。

接著小俊筷子裡的鮑魚就向雅蘭飛了過去，而秋雯趕緊在雅蘭把熱湯倒在小俊頭上之前把她帶開——畢竟秋雯這個人一向最看不慣食物被浪費——於是我生平第一次的當紅娘牽紅線就這麼眼睜睜的破局了。

真是沒面子。

更沒面子的是，我居然要了個塑膠袋像個歐巴桑一樣的打包起菜尾來，而且打包的對象還是那條乏人問津的魚——連秋雯都不感興趣的魚。

「妳幹嘛？」

「打包魚呀，妳要吃？」

「不，但、妳打包魚幹嘛？妳不是對海鮮對敏？」

我不但對海鮮過敏，對秋雯的這個問題更過敏。

「我最近認識了一隻貓，我想牠應該會喜歡這條魚。」

「不是吧？妳的貓回來了？」

雅蘭驚呼著，我對雅蘭的這個反應也很過敏。

「不，我想牠不是我原來的貓，雖然我原來的貓已經離家出走一年多了，但我想牠們應該不是同一隻貓，因為首先、這隻貓是隻流浪小虎斑，而我的貓則是寵物店買來的白色波斯貓，毛長的要命而且老掉毛真是把我給氣得半死，自從牠離家出走之後我終於可以不用再一天吸二十次地板了，但重點是、我不過是打包條魚、幹什麼我非得解釋這麼多呢？怕沒話聊的話妳們何不去稱讚新娘子妝化太濃順便告訴她我紅包只包一千二卻佔了半張桌子讓她曉得如果往後有婆媳問題的話就是這個的錯。」

「沒問題，只是、這裡有個什麼我聽不懂。」

「妳不是討厭貓嗎？」

「沒記錯的話以前那隻逗貓棒妳不是拿來逗貓卻是用來揍貓不是？」

「她只是失戀了而已，呃……怎麼、妳們還不知道？」

小俊說，然後驚訝的發現這三個女人現在倒是知道了。

而至於我則是惡狠狠的瞪了他一眼並且決定明天到公司要舉發之前電腦大中毒全是因為小俊在下班之後偷上色情網站的關係。

「失戀本來就會這樣嘛，讓一個人忘記自己原來的個性。」

不要命的、小俊又說，而我則是捉起打包好的魚離開，離開前還不忘把湯往他頭上倒下去。

雖然小俊說的好像沒有錯。

我忘記我本來有多討厭貓，直到那天，那個天殺的失眠夜裡，我被門口一陣喵嗚喵嗚的噪音給惱得打開門為止；本來我以為是去年那隻離家出走的貓回心轉意來找我，才想踹牠個兩腳要牠滾蛋去找小翔時，卻發現眼前是隻給雨淋的溼溼的瘦弱小虎斑，還發著抖。

由此可證失眠確實是會把人給搞瘋，因為怎麼搞的我當下的反應居然不是把牠踢開卻是蹲了下來搔搔牠的耳背，於是我驚訝的發現：自從小翔離開之後，我的手指再沒碰觸過任何有體溫的身體這件事情，然後很沒用的、我居然就哭了起來。

這是分手之後我第二次掉下眼淚，不過只是小小的哭了一下，我強調。

哭完之後我覺得心情很好並且通體舒暢，抱起小虎斑我用毛巾——從高級飯店幹回來的上好毛巾——替牠把身體擦乾、而且我們還呵呵呵的玩了那麼一下，接著我打開所有的餅乾任牠挑選，結果牠聞聞這個嗅嗅那個之後、很是抱歉的睜著圓碌碌的大眼睛看著我直撒嬌。

「沒關係，那些餅乾我也不愛吃，只是一直懶得丟而已。」

好溫柔的、我安慰牠。

最後更媽媽的事情就這麼發生了——

我居然立刻出門去到便利店給牠買牛奶，當牠伸著小舌頭舔完那盒牛奶時，我也神奇的翻出了那個閒置已久的貓砂，就這樣，我重新過起和貓的同居生活。

更丟臉的事情還在後頭。

隔天我坐在電腦前摸著窩在我大腿上小虎斑那毛絨絨的身體時，突然的、我心生了這麼個念頭：既然我都可以打破成規重新和貓生活在一起、而且感覺還不錯的話，那麼幹什麼我還堅持不讓那個SUN加入我的MSN呢？

於是我就把SUN加入我的MSN名單了。

而我唯一做錯的事情是、當時我正開著對話視窗和小俊在線上聊著天，而如果當時我聊天的對象是金城武的話、那麼震撼應該會少得多，因為出現在SUN的個人圖片上是個好看的男人。

比小俊擺上的自以為最帥的照片還要好看上無限倍。

無限倍。

「終於等到妳出現了。」

這個SUN傳來這麼個訊息，而至於我在心裡給自己的訊息則是：這可能不是他本人的照片，妳知道嘛、網路就是這麼回事，我放個林志玲的照片又不代表我就是林志玲。

「這是你本人？」

「嗯呀。」

接著我又給了自己這麼個訊息：這八成是他幾百年前的生活照，而他現在八成是個發福到不行的大胖子而且還禿了頭也說不定，妳知道嘛、網路就是這麼回事，我愛把自己的照片修成林志玲也不代表個什麼。

然而接下來我知道的是，這張照片是今年夏天他去韓國帶團時所拍攝下來的，他的職業是個導遊，他的年紀大我三歲，他之所以暱稱為SUN是因為他的名字叫作賴映晨；他的身高是雅蘭會喜歡的那種，他的個性是秋雯會欣賞的那種，他開的車是淑婷會同意的那種，他的條件是小俊會杜爛的那種。

他承認確實是GOOGLE映佐的名字於是才找到了我的書，而這是他GOOGLE到映佐的最後資料，他承認確實本來是不怎麼閱讀的個性，不過我的文字他倒是覺得有趣——

「很簡單，可是卻很特別、很有個人特色。」

而接下來他所知道的是，我其實猶豫了很久才把他加入MSN名單，因為所謂的網友這回事我從來就敬謝不敏，畢竟先前曾有過很不愉快的經驗是、某個陌生的ＩＤ來了封信主旨是寶貝，內文寫可以和我做很好的朋友嗎？我回信直接表示：不行、你哪位？結果這個ＩＤ卻猜到了我的帳號還直接加入MSN名單；奈著性子問他是讀者還是某個在哪認識過的朋友？結果他答也不肯答的盡在五四三兼耍文藝腔，最後三句話的時間過去、我的耐心失去：「老娘不想和不認識又不肯自我介紹的陌生人當媽的鬼好朋友，再會！」然後我火速將這ＩＤ封鎖刪除，接著我又收到他的來信，耍完可憐之後寫道他還是很高興和我說到話，信的末了還表示他會再寫信給我，並且附件還加上他的沙龍照——

「我簡直毛骨悚然好一陣子不敢收信，你認為這是我太大驚小怪嗎？」

「不，並不會，因為網路上真的有太多奇怪的人。」

「不過還好，不管照片是真是假，總算不是某個曾經認識過的人，要不就糗大了，真是火的我，但我得強調、我可不是這麼容易火的個性，特別當對象還極可能是讀者的時候。」

「如果這個問題把妳惹火，請不要把我封鎖刪除好嗎？」

「我考慮。」

傳來個笑臉符號之後，SUN問道：

「會不會、當時妳那麼火大的原因是，妳以為他會是某個妳認識的人？」

確實當下第一個閃過我腦海的念頭是：會不會是小翔？

「某個曾經喊妳寶貝的人？」

因為小翔確實就是習慣喊我作寶貝，這就是為什麼當我看完那封沒禮沒貌又莫名其妙的信之後、還會同意這個ＩＤ把我加入。

「所以當妳發現其實並不是的時候，才會那麼火？」

我想他說的對，但問題是、那並不代表我想知道這個發現。

我並沒有把SUN封鎖刪除，我只是淡淡的表示時間晚了我該睡了，然後就下線了。

然後在那個晚上，我同意小虎斑來到床上分享我的棉被，因為秋天到了天氣冷了孤單濃了，而小虎斑是我目前為止唯一願意接受的體溫。

秋天實在不適合孤單，因為秋天總是提醒著孤單。

第八章

「但問題是，妳們怎麼定義失戀這件事情？因為就我自己的話、我會將它定義成分手而非失戀。」

在喜宴上把湯往小俊頭上倒下的當天夜裡，這三個女人帶著份量過多的宵夜——秋雯、兩瓶紅酒——雅蘭、四片面膜——淑婷來到我的公寓探我；她們一致同意小虎斑是隻既可愛又乖巧的小貓咪，也同意不管是遇到再討厭的事情，首先還是要把肚子填飽把酒喝茫把面子敷好然後再說。

而我則同意這就是為什麼我遲遲不說出和小翔分手的事情，因為這就是我最不想要的畫面。

老天爺！瞧瞧她們那明明小心翼翼卻又故作若無其事的態度！什麼時候她們開始不再覺得貓是既自私又陰險還專門在夜裡把睡著的老太婆吃掉的邪惡動物了？最令我受不了的是、雅蘭居然還自動提議幫我倒垃圾！

雅蘭耶！無條件的幫我倒垃圾耶！

老天爺！別、別用自以為是的同情來羞辱我，這簡直比和小翔交往了三年之後才知道原來他還有個從大學就交往到現在的女朋友所以說來我該算是個第三者但搞什麼我居然遲遲沒察覺還要羞辱人。

「因為實際情形是，小翔告訴我原來他有個交往了十三年的女朋友在南部，這就是幹什麼他每個週末都回家的緣故而我卻一直誤會那是因為他有戀母情節所以跑回家去睡在他爸媽的床中間撒嬌，而如今他才告訴我的原因是他一直就想告訴我卻又不知道該怎麼告訴我外加他們都到了適婚年紀所以也該做出決定了，於是我冷靜的告訴他那麼我的決定是老娘跟你分手分定了。」

「什麼到了適婚年紀？明明就是過了適婚年紀。」

短短的沉默之後，秋雯首先說。

「妳有告訴他那三個字嗎？你去死？」

我點頭，然後淑婷滿意的笑笑。

「妳的招牌王八蛋呢？」

「那當然也說了送給他。」

「好樣的，這才對。」

「並且、那時候哭出來的人是他可不是我。」

「好樣的，這才對。」

雅蘭又說了一遍，然後我們一致笑了出來。

這才對，沒有溫情的話語、加油打氣說下一個男人會更好、他其實配不上妳之類的鬼話，這才是我想要的好姐妹。

我的好姐妹秋雯在天亮的時候還順便幫我把冰箱裡那盒擺了一季的家庭號冰淇淋給清空，我覺得好開心，秋天到了又怎樣？有好姐妹就好，知道自己不是一個人真好。

祝秋雯隔天肚子能安好。

而小俊也果真是我的好哥兒們，在打電話到公司宣稱要在家裡寫專心劇本而實際上是怕小俊報仇於是也準備了熱湯來侍候我的三天之後，終於我鼓起勇氣進到公司，才想著要不要戴著安全帽而且還是全罩的那種時，小俊就咚咚咚的走向我，不過幸好的是，餘光告訴我他手裡拿的是張名片而非一鍋熱湯。

「這是我某個記者朋友的名片。」

「這幹嘛？」

「我把你們的事情告訴那個記者朋友了。」搶在我尖叫並且拿起熱咖啡瞄準他的頭之前，小俊護住頭髮、急急又說：「當然是沒有洩露妳的名字啦！」

所以我轉了方向把熱咖啡往嘴巴裡送一口。

「他聽了很有興趣，覺得這事情可以報導一下、而且搞不好還可以佔佔大篇幅的版面，因為妳知道、畢竟小翔是有那麼點知名度。」

講到最後那一句話時，小俊的臉上有那麼一點的不是滋味。

「我怎麼聽不出來這有什麼報導的價值？我可沒要他的命或斷他腳筋好嗎？」

也沒祝福他們幸福快樂。我在心裡這麼補充。

「不不不，這件事情絕對有報導的價值，因為妳知道、我們絕對不能姑息這種台上台下兩面人的事情，我說、他不但是欺騙了妳的感情，更是欺騙了支持者對於他的信賴！」

然後我就笑了。

「嘿！學長，什麼時候我們在書裡寫的人是代表作者自己了？」

「哦！學妹，妳不能以作者的心態想，妳得用讀者的立場看哪！而且重點是、他傷害了妳耶！把他的真面目揪出來、這可是最好的報仇方式！」

雖然並不是什麼知名的作家、讀者也只有少少的幾個，但我從來沒有認為在書裡我的每個文字都是真實的。

我沒這麼和小俊辯論，我反而拍拍著他的手背，真心的感謝他：

「謝謝你啦！但我真的不想這麼做。」

「是不想傷害他還是還愛他？」

「都不是，我只是愛自己。」

並且：

「我不想要在別人看來我的名字變成是個受害者或被騙了的可憐女人，因為我知道我不是；再說家母生女兒下來也不是為了佔新聞版面讓大家茶餘飯後還議論紛紛，這些事情讓那些明星去做就可以；他是隱瞞了我沒錯、而這個隱瞞也讓我感覺到受傷害於是決定分手沒錯，不過我覺得那不關任何人的事。」

「妳覺得我雞婆？」

「不，不是，否則我幹嘛還謝謝你？你以為我看起來是那種會客氣的人嗎？只是、愛情應該是兩個人的私事，不管對方是不是有知名度，我都不覺得誰會有資格越過我們的肩膀查看探問這些私事，而且還評論。」

「……」

「還有，在我的定義裡，那叫分手、不是失戀，我是被隱瞞了，但我並不因此就得自艾自憐然後讓一段過程其實還不錯的感情搞到最後只剩雙方面的難堪或者互相攻擊，因為那樣會很不堪；而我不喜歡不堪；但我得承認、你的提議的確會讓人很過癮，只是、在我的定義裡、愛情不應該用這樣收場。」

「好吧，愛定義學妹，」終於露出了笑容，小俊說：

「要不要吃碗拉麵去？」

「你請客？」

然後小俊就大聲了起來：

「喂！那天是誰把湯倒到誰頭上呀！很丟臉耶！妳知道在喜宴場合丟臉的話很有可能會一輩子娶不到老婆嗎？」

「那我還是留在公司繼續和葉醺醺互相折磨好了。」

「好啦好啦，我請客啦。」

爽。

尷尬拉麵店裡，尷尬的我，以及身旁戴著安全帽的小俊，還有店裡紛紛竊笑起來的客人及店老闆。

「你這樣不會很難吃麵嗎？」

「難吃麵總比被湯淋好。」

「……」

「……」

「好啦！我請客啦！」

「還有？」

「可別欺人太甚了！我還是可以把湯倒在你褲襠上的我可提醒你。」

「那我再去加件雨衣先。」

「……」

「……」

「對不起，我不應該把湯倒在你頭上的、帥哥。」

「這還差不多。」

拿下來了安全帽，小俊笑嘻嘻的說。

王八蛋。

「欸，妳那個小蔡依琳同學挺可愛的。」

「她叫淑婷。」

「淑婷……」小俊表情細細的品味著，然後好滿足的說：「好名字，可愛！」

我開始搖頭嘆氣。

「她有男朋友？」

「目前沒有。」

「那我想追她。」

「那首先，你開什麼車？」

「捷運。」

「放棄吧，我說真的。」

「除此之外，我還有一台YAMAHA，不過我不常騎倒是，因為妳知道、戴安全帽會把髮型壓壞我覺得這樣好麻煩，而且、反正有捷運嘛。」

「放棄吧，我從高中開始就沒看過她坐在駕駛副座以外的地方，而捷運她搞不好還只從電視裡看過而已。」

「要打賭我追得到她嗎？」

「我對這種穩贏的賭沒興趣。」

「好，那我們就打賭誰贏了誰就可以把湯倒在對方頭上。」

「老天爺！我真的不想再這麼對你一次。」

「走著瞧。」

像是例行程序那樣，吃完拉麵之後，我們習慣性的繼續移駕到對街的星巴克，而請客的人是小俊、那當然；為了報復剛才拉麵是我請客的事、特地我吩附櫃檯多弄杯熱拿鐵讓我外帶回去。

「欸，你聽過《躺在你的衣櫃》這首歌嗎？」

「有呀，怎？」

「我覺得歌詞挺詭異的聽不太明白，是在說把分手的男友分屍了擺在衣櫃裡這方面的事情嗎？不然為什麼有『你的身體跟著我回家了，我把它擺在我的床邊』這樣的內容出現？」

臉皺成一團、小俊嫌惡到不行的說：

「我真的很遺憾妳居然也是個作家耶，我說、妳是寫這犯罪劇本寫到走火入魔了哦？」

「好像是哦，我每天都在思考要怎麼把葉醺醺殺掉還栽贓到他老婆身上，嘿～～」

燃起了香菸，不等我瞪他、小俊就指了指他的頭還有安全帽，於是我只好妥協：

「只準一根。」

「成交。」清了清喉嚨，小俊說：「是那個叫作SUN的網友？」

「讀者。」

我更正。

「隨便啦！所以妳還是讓他加入MSN名單囉？」

而且昨天還一起在線上聽了《躺在你的衣櫃》這首歌於是我才知道原來MSN還有這功能。

那又怎樣？

「他長得怎樣？」

很帥，而且我們極聊得來——從那次我快快下線於是他識相不再提起那事之後——但，那又怎樣？

網路嘛！真真假假假假真真的，搞不好他其實是個女人咧！還搞不好、他其實就是我的映佐同學咧！

網路嘛！

「那又怎樣？」

「我說、再不久你們就會開始通起電話來了。」

「屁，我可不隨便把號碼外流的，說出來不怕你對我刮目相看，但確實有次我接到了啥的推銷電話，結果我才不管他想要推銷什麼硬是逼問著要搞清楚到底這公司是哪弄來我的號碼，在他們經理跟我解釋半天之後我還是要了他們的公司地址好方便我寄存證信函過去以告他們侵犯了我的隱私權。」

「妳真的有被害妄想症沒錯。」

「不，這一定是有什麼陰謀、搞不好還會是個犯罪事件，我們總是得小心為妙才行。」

「隨便啦，不過我說、通過電話之後你們就會開始約出去見面。」

把話題又扯了回去，小俊繼續說，還試圖想再來一根香菸。

「你屁，我連同學會都沒參加過一次、怎麼可能會和個ＩＤ見面？笑死人了這事。」

「但妳得知道、網戀就是這麼一回事。」

「老天爺，我覺得你應該追秋雯的，雖然她已經有男朋友而且還被求婚了，不過我想你們應該會是很登對的一對。」

「怎麼說呀？她對我有意思？」

眼睛睜的大大的、小俊問。

「不，是因為你們很擅長把一件事情說得很恐怖。」

「疑？」

「網戀呀，聽起來真恐怖。」

「知道就好，有什麼比和一個ＩＤ談起戀愛來更恐怖的呢？」

最後小俊這麼說。

第九章

結果小俊那個王八蛋倒真那麼說對了！

呃……說對了一部份，前面那部份。

我給了SUN我的電話，我們開始通起電話來。

而其實這整件事情嚴格說起來該算是住我隔壁那臭女人的錯。

臭女人是一個月前搬進來的室友，一開始我還真是高興那空房間終於是租了出去，因為誰曉得一個房間空久了會不會招引個什麼來，一想到我的室友不是個人卻是個什麼的時候就讓我忍不住在床頭擺了佛珠在窗邊放了十字架在小虎斑脖子上戴了條平安符在房間裡點起檀香來。

我和臭女人從來沒有打過照面，而之所以會知道有這個新室友的原因是每天夜裡十二點整總能聽到走廊上傳來叩叩叩的囂張高跟鞋聲，接著是鑰匙插入門孔的開門聲——老天爺，這麼晚才回家難道她都不怕深夜走在街上會被殺掉嗎——接著當我看完

CSI犯罪現場的重播之後會聽見手機鈴聲從隔壁響起，然後是一陣啪啦啪啦的拖鞋聲走出去，再來是男女的談笑聲傳回來——而且還是我最討厭的那種裝小女生的做作噁心說話法——當我刷完牙關了燈上床躺平的時候，嗯嗯呀呀嘰嘰拐拐的聲音就開始穿過牆壁而來。

當然我可是沒有變態到拿起手錶開始計時，但、問題是每天每天，每天每天！

本來我也不是什麼見不得別人好——好吧我承認確實有次我計時過，但那是因為我實在被吵得睡不著又沒事可做，四十七分鐘！四十七分鐘！——但自從有次去倒垃圾的時候（雅蘭開始有了棒球伴：小俊！只是棒球伴、雅蘭和小俊都雙雙強調）無意間和臭女人打了照面之後，我整個人受到的好大的打擊。

看過減肥廣告沒有？減肥前！

看過整型廣告沒有？整型前！

看過天天開心那古早節目沒有？沒錯就是！就是！

「憑什麼嘛憑什麼！長那副德性還有人想碰她而且還來個四十七分鐘！天哪這是什麼世界我不懂！倒不是說我歧視胖子醜子老土瓜而是——好吧我承認確實我就是歧

視胖子醜子老土瓜，這就是為什麼我喜歡看超級兩代電力公司的原因，因為他們總是很公開的坦白的很誠懇不做作的嘲笑胖子醜子老土瓜——」

「所以妳檯面上和我當好朋友但私底下卻歧視我？」

「妳只是比較豐滿而已，並不醜也不土好嗎？我敢說妳要活在唐朝的話根本就不會有楊貴妃囂張的份。」

「嗯，這還差不多。」

「剛說到哪？」

「胖子醜子老土瓜。」

「對……哦～老天爺！為什麼呢這根本沒道理呀！我哪裡比她不上呢哪裡呢？為什麼她可以每天四十七分鐘但結果我卻只能開始考慮上情趣商品店買按摩棒而且還要找藉口裝自在告訴老闆娘說並不是哦這是買來送我朋友的生日禮物因為妳知道……哦～～老天爺！我氣不過我真的——」

「跳蛋也不錯。」秋雯打斷了我，然後問：「四十七分鐘？妳確定？每天嗎？」

「這我哪知道！我又不是每天計算。」

「哦……」有點失望的，秋雯繼續巴著這個話題不放：「不過妳四十七分鐘是怎麼計算的？從發出聲音開始嗎？」

「拜託！妳以為我會像個變態佬一樣把耳朵貼著牆壁搞偷聽還對錶嗎？」

「哦……但妳知道我上次四十七分鐘是幾年前的事情了嗎？而且所謂的四十七分鐘還不是從發出聲音開始而是從脫鞋子開始哦！嘖……真是的，我就一直覺得應該是我的床墊太硬了，可惱……我下次得提議大胖到汽車旅館……四十七分鐘，嘖嘖嘖。」

找錯人討論了簡直是，重點不是四十七分鐘好嗎？

掛了電話，我繼續撥給雅蘭：

「妳可以從網路訂貨呀，又不一定要走進情趣商品店，而且那種藉口老闆聽到不想聽了啦。」

結果雅蘭聽完之後，這是她的建議。

「我只是開始考慮並不是說我真的想買個按摩棒好嗎。」

再說、秋雯說的跳蛋好像也不賴。

「哦……那真掃興，才想說我們可以一起買咧，搞不好還可以打折。」

「重點就是在這裡！」趕緊再把重點帶回來：「今天我真的氣不過妳知道！未免

也太不顧慮別人的感受了吧簡直沒禮貌實在是！所以我就惱的想把電視轉到A片頻道然開音量開到最大好來以牙還牙以示抗議，然後在找搖控器的時候突然的我就更替自己感覺到深沉的悲哀妳懂我意思嗎！老天爺！為什麼呢？我到底是哪裡比她不上呢？為什麼結果我就只能開A片頻道而她卻——哦～～老天爺！這根本沒道理！」

「可是A片頻道每到重點的時候就會剪掉啦，還是要買A片或DOWNLOAD才會完整的情節啦，妳要網址嗎我可以傳給妳。」

嘖！還是找錯人討論了，重點也不是A片好嗎！

「我現在不方便講電話耶寶貝，明天打給妳好不好。」

淑婷甜甜的說，於是我只好把悶悶的電話掛了，然後再撥。

「欸，我在講電話啦。」

我都還沒開口，小俊就搶先說。

「凌晨三點鐘你是在跟誰講電話？」

「呃……我想確定了再告訴妳。」

「雅蘭？」

「不，是會害妳被我潑湯的那位少女。」

很好！我不但三天不要跟淑婷講話並且她的生日我還要假裝忘記然後還要挑明了告訴她我是故意假裝忘記的！

哼！饒不了！

氣呼呼的我坐回電腦前面，然後這才驚訝的發現SUN居然還在電腦前等我。

「你還不睡？」

「剛帶完團回來，時差。」

然後事情就是這麼開始的。

他問我怎麼了這麼晚還不睡莫非也在調時差？我笑了出來回訊息說不是啦有點心煩所以睡不著接著他又回要不要聊聊用電話因為他不習慣打字倒是很習慣傾聽如果我不介意的話。

我不介意。

於是我敲了號碼傳了過去接著我的電話響起，於是我開始願意相信他確實就是照片上的那個人沒錯，因為他有個很好聽的聲音。

把方才的話婉轉的修飾過——畢竟他可不是我的閨中密友，熟的程度也沒到可以讓我把湯倒往他頭上倒去而且還不生氣——之後，他問了我這麼一個問題：

「那男的長得怎樣？」

「乾扁瘦小，台客一個，還好我弟不長那樣、否則我準會籌錢送他移民以免丟姐姐我的臉。」

「那妳願意和那種人上床嗎？」

「老天爺！可別這麼唱衰我。」

然後他就笑了，於是我也笑了，因為心情豁然開朗了。

真是不可思議，原來這麼簡單，不需要談四十七分鐘也不用提A片。

真是不可思議，當我意識到未免也講太久電話了吧是因為窗外的鳥已經開始啾啾叫了。

「老天爺！居然已經天亮了！我簡直想不起來上一次這麼聊是什麼時候的事了！」

「不會影響到妳上班吧？」

他聽起來很擔心的樣子。

「這倒是沒問題。」

接著我又告訴他關於葉醺醺總是在上班時間喝得醉醺醺的事情，然後他開開心心的笑了起來，笑完之後他說了一句讓我決定掛電話的話，他提議：

「嘿！要不要一起吃早餐？妳住台北哪裡？」

「隨便啦，不過我說、通過電話之後你們就會開始約出去見面。」

「你屁，我連同學會都沒參加過一次了、怎麼可能會和個ＩＤ見面？笑死人了這事。」

和小俊的這對話突然在我腦子裡轟的響了起來，本來我說想的是「不，我不和網友見面。」但結果我說的卻是不要了外面很冷下次吧再會，然後就把電話掛了。

掛了電話之後，我並沒有躺回床上補眠去，我反而出門去吃早餐，因為刷著牙望向窗外的時候，我驚訝的發現原來清晨時分，如此美好。

慢慢的散步走到街上的麥當勞，坐在門外的位子，我喝著熱熱的咖啡咬著脆脆的薯餅，感受著清晨時分微微涼的晨風，呆呆的望著濛濛亮的天空，陪伴尚未忙碌起來的台北城；在早晨的麥當勞裡，我想起整夜我們隻字未提的名字、映佐。

我的大學同學，映佐。

同樣是早晨的麥當勞，同樣是隻身吃著早餐。

感謝家母過份神經質凡事愛緊張的個性，註冊當天她老娘凌晨四點鐘就把女兒給叫起床趕上車南下註冊去，結果事實證明我們起得太早而且車也開得太快，到了學校之後才發現距離開始註冊的時間還太早，沒辦法我們只好把車掉頭來到麥當勞吃早餐等時間，在熱咖啡下肚之後，母女倆一路上緊繃的神經才終於鬆緩了下來，於是我們開始恢復正常相處之道——互相指責咕噥埋怨進而翻起舊帳：

「國中的時候妳也是這樣！妳老是搞得我緊張頭痛！真是太可惡了！」

「每次妳忘了帶圓規體育服便當衛生紙的時候又是誰火速給妳送過去？」

「哦！老天爺！要不是妳把我生出來幹什麼我要打電話苦苦哀求妳幫我送圓規體育服便當衛生紙！而且事後還要聽妳囉嗦一頓直到現在還是！」

「我有拜託妳靈魂飄進我肚皮嗎？」

「可以選擇的話我也不想飄進妳肚皮，還有、圓規那次是爸送的，妳少以為我忘記了，而且他還順便買了飲料給我喝。」

「妳這個不知感激的傢伙！簡直是被寵壞了妳！我怎麼會生出這麼難相處的小孩來呀！」

「這還不是要感謝妳的遺傳。」

然後我就成功的把家母氣走了——雖然當晚她又打電話提醒我週末記得回家車票她已經幫我訂好了——導致我一個人被留在麥當勞裡，而走路到學校可還有十五分鐘的腳程。

就是在那個慘兮兮又一肚子火的十五分鐘腳程裡，我遇到映佐。

「嘿！妳也是要去註冊的新生嗎？」

把車停在我身邊，按下車窗，映佐探出小小的腦袋問；而我點頭，退後兩步，下意識的把手裡的包包捉得更緊——這世界上有一半是壞人，另一半則還不知道他們自己是壞人——家父總這麼說。

「要不要搭便車？我也是新生哦。」

搖搖頭我快步走掉，因為家母打從女兒還在牙牙學語的時候就開始耳提面命著千萬別上陌生人的車，因為她肚皮大了九個月可不是為了把小孩生下來給人拐走用的。

第二次則是開學那天。

當時我正排著隊而肩膀被人從後面拍了一下，為此我差點沒給嚇破膽——晚上如果有人從後面拍妳肩膀千萬別回頭，因為那是厲鬼來要妳的命——打從我還含著奶嘴開始，我家姐姐就開始掰著種種的恐怖故事來嚇我，搞得我長大後依舊對這個舉動感冒的要命、哪管是晚上還白天；於是當時我臭著臉回頭瞪了她一眼，而這個人剛好又是映佐。

「妳的外套掉了。」

她撿起，遞給我，笑著說。

我接過，沒道謝，臉很臭。

「我們是不是在哪見過？」

她又問，然後我認出她來，接著我搖頭，因為心虛，或者說是內疚。

我的大學同學映佐，我的兒時鄰居。

小時候我們居住的那個社區裡有條陰暗的小巷——裡面有鬼屋，鬼屋裡的巫婆最喜歡把尿床的小孩捉去吊陽台放火燒屁股——家裡老姐從小就這麼恐嚇我，她的專長是編造故事來嚇妹妹，舉凡手指著月亮會被割耳朵、火車站後面的倉庫住僵屍⋯⋯諸如此類再荒唐的她都編得出口、但奇怪的是我總也一概深信不疑而且直到國中畢業才開始懷疑，真是天曉得為什麼長大後當起作家來的人是我而不是她。

鬼屋在我國小三年級那年的暑假搬進了一戶人家，那戶人家正是映佐他們家，他們家裡有一個媽媽一個哥哥和一個映佐，這家人鮮少和我們鄰居打交道，因為大人們總在私底下喊映佐媽為番仔或者沒老公的女人而且並不介意被她聽到，小孩們總在檯面上光明正大的欺負映佐哥，時不時的誣賴他偷彩色筆或漫畫書然後拿石頭丟他；我們不知道自己幹什麼要這麼不友善甚至是惡劣，我們都還是小孩，小孩從來不知道自己的行為意義，或許是因為他們的膚色較深、輪廓較濃、口音不同……不曉得，那是個族群歧視還被公開默許的年代。

我們只覺得自己好像應該要討厭他們，因為他們和我們不一樣。

而映佐他們也還是小孩，他們也不曉得為什麼自己不受歡迎，而且還要被欺負，雖然他們真的很想要和我們玩在一起。

隔年他們就搬走了，誰也不曉得他們搬到哪去，但誰都曉得他們為什麼搬走。

直到大學那年，我又重新遇見映佐為止，她的膚色淺了些、五官依舊深、口音則好好的被隱藏起來，偶爾——很偶爾才會不小心跑出來；小時候被排擠的原住民女孩長大後變成了符合潮流的典型美女，而且還是個性好人緣佳的那種。

隨和的教人難以想像在她的生命裡曾經有過一年，她的鄰居們毫無理由的對他們不友善。

同窗三年以來直到我休學為止，我從沒聽過映佐說誰壞話——奇怪不講別人壞話日子怎麼過得下去？——而實際上應該說是我從沒和映佐說過幾句話，甚至刻意疏遠她，並不是小時候的習慣使然，只是每次她的臉總是讓我想起在那個小小的社區裡，躲在哥哥身後的小映佐、那臉上既驚恐又不解的表情——

我們沒有傷害誰，為什麼要傷害我們？

幸虧小時候遭受到的惡意對待並沒有在映佐心裡留下陰影，一方面我鬆了口氣開心映佐成為一個很不錯的受歡迎的漂亮的女孩，但另一方面的我、卻始終無法自在與她相處。

我想那大概是因為我覺得有點內疚，我想我好像欠映佐一個對不起——代表我們那群小孩、向映佐老老實實的道個歉——然而我始終沒有這麼做，因為我實在很不擅長道歉。

不擅長，而且討厭。

第十章

失戀會讓一個人忘記自己原本的個性。

小俊的這句話就像是隻討厭的蚊子那般嗡嗡嗡的在我耳邊吵個不停。

嗡嗡嗡的蚊子，討厭。

而整件事情的荒謬就是從一隻嗡嗡嗡的蚊子開始的。

為了避開與隔壁室友的夜間活動強碰到，以至於整夜失眠、咬著棉被擔心害怕自己從此孤獨終老、最後當真成了個養貓的老太婆來打發失眠的時間、而且還給貓吃掉，於是我決定把睡眠時間早早提前以求耳根子清靜以及一夜好眠；於是這天在洗了個香噴噴的澡吃了碗暖烘烘紅豆湯圓之後，我穿上那件最喜愛的羊毛衛生衣、心滿意足的鑽進棉被裡準備好好睡他個十小時不止美容覺，結果連眼皮都還沒閉上完全、嗡嗡嗡的聲音就開始在我的耳邊跑來繞去，接著半小時之後，我身上多了四個癢死人的蚊子叮、而那該死的蚊子卻還繼續洋洋得意的在我耳邊嗡嗡嗡。

簡直饒不了！

氣呼呼的跳下床我打開燈捲起報紙眼中噴出怒火的追殺這隻可惡透了的蚊子，盯著牆壁檢查床底甚至我還跳上衣櫃為的就是追殺這隻該死的飛來跳去的蚊子；接著整晚的時間過去，我依舊握著報紙捲氣喘吁吁的滿室奔走，不但蚊子沒被我打死分屍燒毀洩恨，就是連隔壁室友也回到家來開始準備每晚的夜間活動，甚至我身上還多了兩個蚊子叮！

很好！又別想睡了我。

活像二重奏似的、這一牆之隔的嗡嗡嗡以及嗯嗯呀；氣得炸炸的我拿起殺蟲劑滿屋子亂噴直到空氣終於變成白色為止，接著趕在中毒之前我抱起小虎斑奪門而出，在經過室友房門前時還吼了這麼一句：

「每天每天的吵死人！別人還要不要睡覺呀！」

並且：

「四十七分鐘了不起喔！哼！」

哼完之後因為很怕被揍所以趕在室友開門回應之前我拔腿快跑，雖然有點孬不過沒辦法因為我就是這麼的欺善怕惡。

「大半夜的、妳跑來我這做什麼呀？」

門打開，秋雯嘴裡嚼著滷雞翅問。

「給吵得火很大，」走進到堆滿食物的屋子裡，我聽見電視裡傳來熱鬧的聲音：「倒是妳，大半夜的看什麼節目呀？這麼熱鬧。」

「恐怖片。」

秋雯說。

跟在她身後坐到沙發上，結果映入我眼簾的是電視裡的婚禮現場錄影。

「又個朋友結婚，而且還錄成光碟寄給我們當回禮，真是夠了。」

翻了翻白眼，秋雯嘆了口氣。

「又，還真是刺耳喲。」

「身邊的朋友一個個的結婚去，我開始覺得自己真的是大人了。」

「我可還沒準備好要當大人。」

「哎～～」

「等到身邊的朋友一個個的離婚去，我才要開始準備當大人。」

「哎～～」

在秋雯的哀聲嘆氣之後，我開始解釋起這整晚的嗡嗡嗡以及嗯嗯呀，結果秋雯聽完之後只說了這麼一句：

「妳真是了不起，再小的事情都可以這麼認真的生氣。」

然後秋雯丟了本《別為小事捉狂》這書給我，接著就乾乾脆脆的把燈關了準備睡了。

「喂！妳把燈關了我怎麼看書呀？」

「有差嗎？就算妳把這書吃了照樣會為小事捉狂啦。」

真是抬舉了！

好奇怪的是，在無聲的黑暗之中，我反而意識清醒的睡不著覺；回憶在我的身體裡繞跑著，我不知道是從什麼時候開始，那段沉默的回憶就一直一直的在我的身體裡繞跑著，不知道為什麼。

「欸，妳睡囉？」

「對，我睡了。」
「嘖。」
「幹嘛啦？大人可是不搞徹夜談心這事哦。」
「哦。」
「到底幹嘛啦？」
「也沒什麼其實，只是很奇怪最近老想起一個不熟的朋友。」
「誰呀？」

映佐。

「欸，妳小時候有沒有做過什麼事情、讓妳長大後回想起來還覺得罪惡感的？」
「小孩子哪來的罪惡感？」
「所以才要長大後回想起來才會發現呀。」
真是了不起，再簡單的事情都這麼認真的笨著。
「哦……不過關於罪惡感這事，我從來就只有在吃太飽的時候才會有，於是又只好再吃東西以忘掉這罪惡感，哎～～說著說著、我又想吃東西了。」

「嘖！妳從來沒欠過誰一個對不起？」

「如果妳再煩我睡覺的話，妳就會欠我一個對不起。」

唔……

「對不起。」

結果隔天晚上我的室友跑來敲我的門說了這句對不起，而且手裡遞了盒巧克力以示歉意，而這個當下我臉上正敷著綠色面膜、頭上戴著護髮浴帽、手裡握著吸塵器、身上還穿著心愛的肉色羊毛衛生衣。

真是糗死我。

為什麼呢？為什麼偏偏要挑在我這麼見不得人的時候跑來登門道歉呢？為什麼明明我昨晚態度那麼差結果她卻一點介意也沒有的還送了盒巧克力呢？為什麼明明我只是追了整晚的蚊子還打不到或許還有那麼點的見不得別人好但我絕對不會承認於是遷怒於她可是她卻要打從心底的以為錯真在她呢？為什麼她不是回吼一句干妳屁事臭老太婆卻是好友善的說：

「放心啦，巧克力我沒下毒，呵～～」並且：「我保證不會再有下次，不過如果又吵到妳的話、儘管敲我的門提醒沒關係喲。」

為什麼呢？為什麼每個人都要是好人呢？為什麼都要那麼有禮貌顯得我這個人好糟糕愛生氣難相處小心眼呢？

然後我就生氣了。

因為再隔晚我居然買了兩碗紅豆湯圓去到隔壁敲門嘴裡聲稱因為三碗剛好一百便宜了五塊所以才這麼買而心裡卻開始忍不住的認為她其實人還滿好甚至就這麼應邀入室徹夜漫談而且還聊得挺那麼愉快的呢？

真是太可怕了！我居然變成會和陌生的室友當起好朋友一起敷面膜交換指甲油甚至討論四十七分鐘！

「這真是太可怕了！」

星巴克裡，雅蘭聽完整件事情的最新進展之後，這是她的第一個反應。

「沒錯，因為所謂室友的這種人應該是討厭用的、而不是當好朋友用的。」

「不，我是說才十月妳就開始穿衛生衣？天哪！這年頭還有年輕人穿衛生衣嗎？更別提還是阿媽款的羊毛衛生衣！」

「但是它很保暖好不好！而且、十月已經是秋天了，這完全說得過去。」

「我可不想跟個熱愛阿媽款羊毛衛生衣的人交朋友。」

「哼！隨妳怎麼說。」

接著雅蘭就說了一件好可怕的事情來：

「我戀愛了。」

雅蘭說，然後臉蛋羞答答的紅了起來。

「和小俊？」

「不是呀，小俊追到淑婷了，兩個人熱戀的很、怎麼妳不知道嗎？」

不，我不知道，不想知道。

我只知道他們最近都變得好忙，忙得沒有時間聽我大題小作大發牢騷然後笑嘻嘻的哎喲喂呀說我真是有夠大驚小怪愛發神經。

他們都好忙，忙得連把湯倒在我頭上的約定都沒時間履行。

「……那天呀他和朋友來我們店裡買外套，結果好笨喔他拉鍊拉不上去，然後呀我就過去幫他弄結果呀不小心手碰到他下面所以呀我們都楞了一下可是呀馬上又同時笑開來，然後呀他就問我——」

「所以妳就是為了個外套男所以沒空接我電話？而現在好不容易出來喝個咖啡妳還要逼我聽妳用那噁心的娃娃聲說這無聊的事情？」

「疑？什麼外套男嘛？他現在是我男朋友了耶，呵～雖然二十五歲才初戀有點小丟臉，不過呵、我每天都覺得好開心喏真想大叫耶——」

這個笨雅蘭，老娘都火了她還在那邊甜蜜蜜，簡是瞧人不起：

「妳覺得妳這樣對嗎！」

「疑？」

「在失戀的朋友面前炫耀自己的新戀情妳覺得這樣對嗎！以前我有這樣子對待過妳嗎？在妳等公車打電話來閒扯蛋打發時間的時候我有說欸不好意思哦我在忙著跟男朋友講電話耶再回電給妳好不好然後一等就是好幾天嗎！」

然後雅蘭也火了：

「什麼鬼呀？是誰口口聲聲堅持自己是分手不是失戀的？現在又抱怨一堆是怎樣？」

「哪個鬼可以分手而不失戀的？哪天換妳失戀了妳就知道！」

「不夠朋友的人是妳才對吧？才熱戀就唱衰我失戀！妳休想我再陪妳喝一杯鬼咖

啡！」

「求之不得！」

「再見！」

王八蛋。

在離開星巴克的路上我真是越想越生氣，氣死我真的是。

我說，人、幹什麼非得談戀愛不可呢？一個人自由自在的不是頂好的嗎？想三天不洗頭就三天不洗頭、也不用擔心枕邊人覺得頭太臭，想在凌晨三點鐘刷浴室吸地板整衣櫃就盡情去做、也不用擔心驚醒枕邊人還被問怎麼了，更別提終於可以自由自在無拘無束的穿上羊毛衛生衣、也不用擔心枕邊人質疑不是才十月而且這穿著未免太『掃性』了吧。

想幹嘛就幹嘛、也不用解釋的多好，一個人多好。

更好的是那家賣大腸麵線的小吃店，我愛死它了！先來個炸酥酥的臭豆腐配上酸溜溜的醃漬泡菜再嗑碗大腸麵線作句點，還有什麼比這個更過癮更暢快的晚餐選擇呢？小翔那個掃興鬼就是不懂，味覺白痴嘛根本是！老愛大驚小怪的指稱這吃法不健康這食物沒營養這熱量又太高這大腸——天哪！腸子是人體最多細菌的器官耶妳居然敢還吃——把我煩得死死的實在是。

早就受夠了！老是愛學村上春樹自己在家動手煮義大利麵的小翔，早就受夠了！一想到終於可以不用再假裝自己喜歡吃義大利麵而盡情的嗑大腸就覺得人生實在是未免也太令人感到愉快了吧！

一個人真好，自由自在的，愛吃啥就吃啥、愛穿啥就穿啥、愛幹嘛就幹嘛，啥也不用解釋的啥也不用被囉嗦，真好。

於是此時我人就在這小吃店裡喊完臭豆腐再要個大腸麵線之後，心情爽快的走進店裡的時候我餘光瞄到有個倚著助行器的老阿伯一直打量著我，甚至還那麼明目張膽的就跟著坐到我的對面來——奇怪！明明還有那麼多空位幹什麼就非得跟我併一桌不可呢——本來我是想這麼吼他的，但想想還是算了，反正我可以把視線往上看電視、假裝老阿伯並不存在。

我只是想來吃碗麵、可不是又想把誰氣跑的。

但結果完全失策！

雖然嘴裡咬著臭豆腐視線盯著電視機，但我全身上下的毛細孔都感受到老阿伯投射過來緊緊的目光，甚至毛細孔還告訴我、老阿伯那乾癟癟的老嘴巴正和我吞嚥著出自於同一鍋底的大腸麵線！

哦～～真是一想到就倒胃口。

倒了胃口的我、忍無可忍的吼道：

「幹什麼你一直盯著我看！想被告嗎你！」

然後老阿伯嚇得假牙還歪了那麼一下，支支吾吾了起來：

「對、對不起，我只是想和人一起吃個麵而已……」越講越小聲：「自從我老伴走了之後我就一直是一個人吃東西，我已經好久沒和人同桌過了，而且妳長得好像我老伴年輕的樣子，瘦瘦的白白的、好可愛，所以我就忍不住想要偷偷看著妳，我沒有惡意、我只是很想她……」連哭腔的鼻音都出來了：「對不起我只是很懷念和人一起吃麵的感覺而已……」

然後我就走了，順便還把老阿伯的麵錢一併付了；本來是打算收過找零之後就快快離開現場，因為我實在超級討厭內疚還有自責的這罪惡感，但結果一股熟悉的聲音卻陌生的旋律從店裡穿進我的耳膜，抬起頭我看見牆壁角落的電視上正放映著陳綺貞最新的MTV——不知道為什麼，我居然就走回了店內、還且還是坐在老阿伯的對面。

在陳綺貞簡單又乾淨的歌聲裡，我聽見自己這麼問：

「嘿伯伯，或許再來盤臭豆腐？」

並且：

「我其實也滿討厭一個人吃飯的。」

第十一章

「別人都在戀愛 you're only lonely～～」

難得一個週休二日，結果秋雯約會去，雅蘭約會去，淑婷和小俊約會去，就連家母都和家父二度蜜月去！

「那你說我該怎麼辦 you're only lonely～～」

所以我就跑來唱一個人的KTV，在星期六睡覺睡整天差點睡成落枕之後，我一個人跑來唱KTV唱通宵，而且還repeat S.H.E.的「ONLY LONELY」到底，存心故意要唱到S.H.E從MV裡跳出來抗議為止。

「you're only lonely～～來！小虎斑，換你唱！」

「喵～～」

「哈哈哈！you're only lonely～～」

一整夜，一隻小虎斑，一個人的KTV，一個連坐在對面陪我講話的對象也沒有的淒涼女人，一首歌repeat到底，一瓶又一瓶的紅酒直接就著瓶口喝，正。點。

還有，一整天都在搞自閉的啞巴手機。

「別人都、嗝——都在戀愛、唔——you're only lonely～～哈啾！」

「喵！」

「小虎斑，乾杯啦！」

「喵～～」

「來給他喝個醉醉的啦！明天宿醉去上班！哈～～」

「喵～～」

「you're only lonely～～嗯——」

一整夜，一隻也愛喝紅酒的小虎斑，一整天響也沒響起過的自閉手機在不曉得是幹光了幾瓶紅酒、repeat幾百遍的「ONLY LONELY」之後，終於響起；只不過響起的卻是我從來沒有撥出過的號碼——SUN。

找不到人坐在對面陪我說話時，連考慮也不考慮的ＩＤ。

SUN。

「嘩！好熱鬧呀，妳跟朋友在唱KTV呀？」

「沒有哇！我一個人唱一整夜，哇哈哈～～」

「妳一個人？」

「沒有哇！還有小虎斑，哇哈哈～～」

「妳還好吧？」

不好，我醉了，我幹光了好幾瓶的紅酒抱著馬桶吐了好幾回還踹了馬桶好幾腳——

不，我不好，我糟透了。

我恨我自己，恨我為什麼這麼孤單，我替自己感覺到好悲哀。

我只記得這是我清醒時的最後一個念頭，而至於在手機裡後來的SUN又說了些什麼、我則是完全性的不記得了。

你累計了許多飛行　你用心挑選紀念品
你搜集了地圖上每一次的風和日麗

陳綺貞的，旅行的意義。

我不知道自己醉倒了多久，不記得什麼時候小虎斑爬到我肚皮上睡著了；只曉得當我醒來的時候外面的天色好像已經亮了，而MV也不曉得從什麼時候換成了陳綺貞的「旅行的意義」，而包廂裡並沒有人在唱歌，至於坐在沙發另一端，手裡握著搖控器、專注著欣賞MV的男人，則是從MSN裡走出來的SUN。

虛擬世界裡暱稱叫作SUN、但現實生活中卻穿了一身黑的，SUN。

「妳醒啦？要不要叫服務生送一杯熱咖啡來？」

感覺好像是媽媽一併把溫柔生了給他，SUN操著溫柔的好聽聲音問道；而我的反應則是呆呆的點頭，然後傻傻的問道：

「你怎麼會在這裡？」

「找了一整晚哪，憑著印象中MSN裡小小的照片找，一家家KTV的找、一間間包廂的找，還滿累的，不過——」頓了頓，笑著望著旅行的意義這MV，SUN又說：「終於看到這隻MV了，也算值得。」

「為什麼？」

「因為我喜歡陳綺貞。」

「我問的是為什麼要找我？」

「因為妳的聲音聽起來不太好的樣子，我有點放心不下。」

為什麼？

為什麼我就哭了，哭到鼻涕都流了出來。

糗，真糗，簡直是糗呆了我！

要換作是在平時給個初次見面的人看見我這糗樣，老娘要不斷他舌頭也會抽他腳筋以免我這糗樣給傳了出去被人笑話丟我大臉——就像是每個看過老娘身份證的人、我都會在心底誠懇的希望對方立刻嗝屁的道理是一樣的——但問題是現在是非常時刻，我不只是正在經歷生平最嚴重的宿醉，而且身體還因為整晚沒有洗澡而虛弱到不行，所以我只是默默的任由SUN結帳買單，然後左手抱起同樣醉到喵喵亂叫的小虎斑、右手像是在扶老太太過馬路那般的扶法的把我扶出一個人的包廂。

一個人唱KTV，愛面子的我，除非是脆弱到不行、否則絕對不會去做的空虛。

要換作是在平時給個初次見面的人開車送回家，老娘通常會要求對方在隔壁巷子放我下車免得洩露棲身之處而招來夜長夢多導致後患無窮；但問題是在一個人唱了整夜的KTV之後，現在的我真的很不想要再繼續待在一個人的單身套房，所以連我自己都感到意外的是，我開口這麼問SUN：

「可不可以，再陪我多待一會？」

因為：

「房間裡每個角落都還有我和他的回憶，而回憶太擠，我真的沒有辦法一個人面對。」

「好呀。」

然後我聽見SUN這麼回答，並且：

「我帶妳去喝世界上最好喝的咖啡。」

世界上最好喝的咖啡。

它是在某個隱密巷子裡一間不起眼的小咖啡館，它不起眼的程度到了搞不好來回經過它二十次，才發現已經錯過它二十次了；它並且就是連店的招牌也沒有，如果不是因為SUN帶路的話，大概我會以為那只是一戶飄著咖啡香的尋常住家吧。

它的大門像是要配合它的不起眼似的，設計的相當低矮，我跟在SUN身後推開木頭的大門低頭走進去。

視線所及的是一個極專業的吧台，上面架滿了各式專業的酒杯及咖啡杯，裡頭還有一台大的過份的咖啡機以及另外一台相較之下顯得太小的虹吸式咖啡爐，吧台前來自世界各地的咖啡豆雜亂地隨意堆放著，裡頭站著一個表情很明顯不太想理人的女人，看起來是有點年紀但卻又看不出年紀，大概是這間店的主人吧！

她穿了一身的黑，臉色卻異常的蒼白，左手食指和中指夾著一根細長的香菸，卻沒有想要抽的意思；她身後是一個種類齊全的酒架，或許晚上還兼著賣酒吧！

這個過份招搖的專業吧台佔去了咖啡館一半以上的空間，剩下的是總計不過五、六張的桌子，就算生意冷清看來也像客滿，但我想這應該不是它之所以這樣狹窄的用意。

我跟在SUN的身後挑了最角落兩人座的桌子坐下，因為整家店裡面也只有兩人座的桌子。

我怯生生的環顧其他客人，發現除了我之外幾乎人手一根香菸，這使得不是抽菸者的我顯得格格不入，但不知道為什麼，我發現我並不討厭這裡。

有點超現實的味道，我這樣覺得。

好安靜的咖啡館！像是全身放鬆了似的，我此時才發現這點。音響裡放送著不知道是哪個年代的西洋老歌，以一種孤獨的姿態獨自在這狹小的空間裡唱著，除此之外幾乎就再也沒有別的聲音了。不想理人的老闆娘自然是安靜的沒錯，但店裡的客人卻好像約好了似的，無不是發著呆抽菸，或者閱讀，就算是有交談的人，音量也是極微小的；我忍不住想看看店內是不是張貼禁止喧嘩的標語，但是結果沒有；沒有禁止喧嘩的標語，也沒有任何可供閱讀的書報雜誌，坦白說真是不合適初相識的兩個人來到。

「我可以抽菸嗎？」

而這是SUN開口的第一句話，然後我怔怔的點頭，接著白色的MARLBORO LIGHT在我的對面燃起；好奇怪的感覺，過去我和小翔總是為了他的菸癮吵架，我總是兇他說自己想得肺癌也別拖我這個貪生怕死鬼下水；可是此時此刻的我卻忘了抗議忘了肺癌忘了貪死怕死，我所能做的只是呆呆的凝望著在菸霧裡優雅吞吐的SUN的側臉。

迷人的側臉。

而我只是在想：擁有這樣一張好看臉孔的男人，表情為何卻是憂鬱？

一根香菸的時間過去，把香菸捻成漂亮的S型在菸灰缸之後，SUN問我：

「要聊聊妳的他嗎？」

不要，因為他已經不是我的他了，變成她的他了。

「要聊聊你的映佐嗎？」

「她不是我的映佐。」繼續又燃起一根香菸：「雖然，她曾經可以是我的映佐。」

另一個映佐，SUN認識的那個映佐，在我之前、在我之後的映佐。

「妳知道高雄的鹽埕區嗎？」

我搖頭，我不知道。

「那是我們出生的地方，我們、我和映佐還有她哥哥。在我爸媽那一代、那地方是高雄最精華的中心，只是到了我們這一代就凋零了沒落了、被新興新區取代了，變成只是個老老舊舊的社區了；小時候每次又看到搬家公司的時候，我和映佐的哥哥總是會打賭看我們兩家人誰會先搬走。」

「結果是誰先搬走。」

「映佐他們家。」

「嗯。」

「我永遠記得那一天是怎麼來又怎麼去的。」

那天映佐的父親在工地因為工作意外而失去生命，第一個接到壞消息的人是獨自在家的映佐，小小的映佐，搞不懂那通電話代表什麼意思、小小的映佐；而至於那天映佐的哥哥則是早和SUN不知道野到哪裡去了；當兩個小男孩瘋夠了回到家時，SUN被爸媽狠狠教訓了一頓，而至於他兒時最好的朋友，則是哭著求他爸爸回來打他，罵他。

「每次一想到當映佐一個人在家裡接到那通電話時……想找我們卻到處找不到……那無助的小映佐……」

凝望著眼前的SUN，於是我才知道：再怎麼成熟優雅的男人，提起孩子時的往事、臉上仍會有孩子時的心傷。

「當喪事過一個段落之後，映佐的哥哥帶著一本跟我借了好久好久的漫畫來還我，那是我最心愛的漫畫、而真他媽的借太久了！每次一催他還、催到最後我們就會打起架來。」笑了笑，SUN有點靦腆的笑了笑。

「他們付不起房租所以要借住到親戚家去，他說那本漫畫他不是賴著不想還、而是真的喜歡到每天都想看看它，他爸爸本來說好生日時要送他的，可是現在大概沒辦法了，小學生有沒有什麼工作可以做的？我記得那天他最後這樣問我。」

哽咽，不太明顯的，SUN哽咽。

「所以你把漫畫送給他？」

「沒有，我叫映佐放進行李裡偷偷帶走，因為那傢伙脾氣很倔不會肯收，不過、我後來超後悔的，」外表優雅成熟的SUN，說起了童年時的過往、還是掩不住的孩子氣；「因為那本漫畫已經絕版了買不到了，想去找映佐他哥要回來，結果才知道映佐他們又搬走了，搬太多次了，找不到了。」

搬到我們那個小心眼的排外的社區，映佐他們其中的一次搬家。

「早知道我們緣份這麼短的話，我們當年真應該多帶映佐一起出去玩的，而不只是嫌麻煩把她一個人丟在家裡，這是當我知道找不到映佐他們了的時候、心裡的第一個念頭。」

不過還好的是，他們的緣份未了；他們，SUN和映佐。

「賴映晨？天哪！沒想到還能再遇見你耶！」

高中時他們再度相逢，那年映佐高一而他高三，當映佐第一眼看到他時就認出他來、而表情是打從心底的開心，至於他則是錯愕、以及驚訝。

「像鹿一般的少女。不知道為什麼、這是我當下的第一個念頭。」

童年時那個老是哭哭啼啼的跟屁蟲、長大之後變成了小臉大眼棕色皮膚的美少女，美少女對於這個童年時的大哥哥一見如故、甚至還半開玩笑的坦言道：

「我小時候一個人在家裡玩扮家家酒時，心目中的白馬王子都是你耶！那時候好想快點長大嫁給你哦！」

「原來妳暗戀我這麼久啦？」

「搞不好現在還是暗戀你也不一定呀！映佐和映晨，連名字都是一對。」

太早也太晚的暗戀，映佐和映晨。

當時賴映晨已經有個交往了三年的班對女友、以及『其她』，而至於這個童年時的鄰家妹妹，則是依舊只是個學妹。

「不要弄我妹！如果你女朋友已經不只一個的話，她還是張白紙沒有談過戀愛，幫個忙不要害她！」

而這是映佐的哥哥告訴他的第一句話，在久違的重逢之後，在映佐十七歲生日的那天，那天賴映晨剛變成大學生不久，開著家裡送給他的車、拉風的來給映佐慶生，而同時映佐的哥哥則是剛找到第一份工作，在高中畢業之後，薪水不是很高、但他們家確實需要的工作。

「我們家是窮，所以窮人才更應該保護自家人。」

映佐的哥哥接著說，而賴映晨則是接著揍向他；久違的哥兒們，不再如昔的幹架。

「這個疤，都過了這麼久、還是淡也淡不掉。」伸出右手在桌上，像是翻開舊相簿那般、賴映晨輕拂著手背上劃過食指及中指間的長長疤痕：「他們原住民幹起架來可真夠狠的！所以我才知道，原來小時候他都是在讓我。」

「呵。」

心不在焉的、我配合著笑了一下。

「很孩子氣，但確實我當時氣到了、就去弄映佐最好的朋友，結果妳知道映佐怎麼說嗎？」

「嗯？」

「原來你不追我不是因為你有女朋友，而只是我真的不是你喜歡的類型呀？而那是我們最後一次的見面。」

「哦……。」

「對不起，聽我說這些小孩子氣的往事很無聊哦？」

「不——」

不，我只是在想……

「你……愛過映佐嗎？」

「愛過嗎？不曉得，我真的不曉得。」

我只是在想……在你之後的映佐……

「如果沒愛過的話，你又何必GOOGLE她的名字呢？」

「呵，其實我GOOGLE的起因不是映佐，而是另一個我真的很愛很愛過的女孩。」

在你之後的映佐……你會不會想要知道？

「誰？」

「我一直在找、卻怎麼也找不到的女孩，一開始的時候我以為妳是她。」

並且：

「那時候我真的好希望妳就是她，因為我越來越有種感覺是、我真的再也找不到她了。」

≫第十二章≪

結果誰曉得當我們從無名咖啡館回家之後，昨天那些各自跑去約會、沒有空理會我的無恥傢伙們此時此刻卻紛紛來到我的公寓找我，而且還撞見我從賴映晨的車子裡走出來——

「欸，滿帥的耶。」

首先發難的是無恥雅蘭。

「我有沒有看錯？他開PEUGEOT的車？」

無恥淑婷接著問道，水汪汪的大眼睛還亮了那麼一下。

「開PEUGEOT是不錯，但前提是要先調查他的財務狀況，有沒有車貸房貸？要不要養爸爸媽媽是不是有個難纏小姑？收支是不是平衡公司前景看不看好？走在路上會不會沒事踢一下流狼狗只是因為好玩？最重要的是要確定離婚後能拿到贍養費。」

搔著大肚皮，無恥秋雯跟著也囉嗦了一堆。

「看他們剛才只是道別沒有吻別所以妳剛說的那些都還稍嫌太早，但我覺得重點是要先確定他所謂的前女友是不是真的已分手？不要哪天又變成還沒談好分手的女朋友。」

無恥小俊用他自以為最帥的口氣提醒，然後我用自以為最殺的眼神射他，於是他很帥的閉上了嘴巴，而至於另外三個女人則是默默的把臉別開裝作沒有看見老娘的殺氣。

殺氣很重的我問道：

「來幹嘛？」

「來看妳的公寓被妳放火燒了沒有呀。」

臉皮很厚的、他們異口同聲道。

我們一行五個人氣氛詭異的擠在我那小小的單身公寓之後，我才知道原來是這幾個無恥的約會鬼在紛紛接到我的電話邀約之後，在各自約完會後——他們還是堅持把會約完才想到要掛念我——互相打電話詢問結果到底是哪個衰蛋陪我這個沒有人約的可憐的空虛的淒涼的是不是乾脆咬舌自盡算了的女人過週末——

「妳記不記得慾望城市裡面有一集，是凱莉打扮的花枝招展去到她的生日晚餐，結果一個人孤零零的空等待？當下我腦子裡馬上跳出來的是這個畫面，所以就火速集合了大家過來這看妳把公寓放火燒了以洩氣了沒有。」

秋雯說，在我洗完澡、而她也同時清空完全我所有的零食之後，在擦著溼答答的頭髮、順便吆喝小俊咖啡泡快一點、老娘渴死了火氣大死了的時候，我突然替自己感覺到既高興又難過。

高興的是，原來我的朋友是那種一擔心我就會馬上過來看我的；難過的是，原來在朋友的眼裡，我需要被擔心。

既高興又難過的我，清了清喉嚨，試著用我平時慣用的兇狠口氣說道：

「首先、昨天又不是我生日，並且、我可還沒有凱莉那麼老，接著、我還是比較喜歡看六人行，重點是——」

「重點是妳跟個帥哥共度一夜，並不是獨自回家洗澡洗到眼線還洗下來。」

小俊端來泡好的五杯咖啡、活膩了似的插嘴，於是我就瞪了他一眼。

「而且是個開PEUGEOT帥哥。」

我接著瞪了秋雯一眼。

「所以說，妳是什麼時候搭上這麼可口的帥哥的？怎麼完全沒聽妳提過？」

瞪著雅蘭，我一個字一個字的咬牙切齒說道：

「幹什麼因為我現在沒有男朋友所以搞得好像每個出現在我鼻子前的男人我都要物色對方不可啦？！」

然後這四個混帳傢伙就沉默了，因為他們也不知道幹什麼我現在沒有男朋友所以每個出現在我鼻子前的男人我就要非物色對方不可，正如同他們不知道幹什麼開個無傷大雅的玩笑罷了、結果我卻要這麼認真的生起氣來；於是在三秒鐘的尷尬之後，混帳傢伙們決定情況不妙還是早早落跑的好，於是紛紛推說突然有事要先告辭，走時還不忘用同情的眼神——她還在失戀期，再加上本來脾氣就有點古怪、又喜歡不放過任何一個可以生氣的機會，所以還是先別跟這可憐的女人計較好了——向我道別。

只剩下淑婷帶種的留下來。

也是，每次我亂發脾氣的時候，淑婷就會視若無睹的以撒嬌化解。

真好，會撒嬌的女人真好，難怪淑婷從來就不缺男朋友，哪像我從來就不曾向小翔撒嬌過，也難怪他最後選擇的人不是我。

也對，要換作我是小翔的話，肯定也不會選擇我這樣一個脾氣倔又愛面子打死不肯撒嬌又老是滿嘴粗話兼口是心非的女人。

哎哎～～不知道小翔的她，是不是個愛撒嬌的女生呢？像淑婷這樣軟綿綿、連我自己看了都覺得好舒服可惜我自己從來就不是的女生……

哎哎～～如果我當初坦白承認小翔讓我很難忘的話，那麼現在我們的結局是不是就可以不一樣了呢？

好，我知道我們的分手不是因為撒嬌的關係，因為打從我們認識的開始，我就從來不是一個會撒嬌的女生——但問題是，如果我偶爾跟小翔撒個嬌那麼情況是不是就會不一樣了呢？

就在我躺在床上敷著面膜瞪著天花板胡思亂想這些沒營養的如果時，躺在床的另一端呼呼呼的做著抬臀運動的淑婷話突然加重了語氣的問我：

「所以是有印象還是沒印象呀？」

「啥？」

「喂、所以說我剛說的話妳都沒聽進去哦？」

「唔……」

「我說、妳記不記得我的那個房東伯伯呀？」

哦哦……那個名下有好幾棟房子結果每天見到唯一做的事情就是臭著臉坐在門口

躺椅上望著馬路發呆的有錢老頭呀。

「記得呀，怎麼？」

「嗯，從小到大我媽媽一直灌輸我的觀念是男人就是要有錢，長得再怎麼帥個性再怎麼好再怎麼有才華的男人、只要一窮都只是空。」

「顯然妳在這方面是個聽話的好女兒嘛。哈！」

哈！怎麼樣？夠酸吧！

「沒錯沒錯，可是呀妳知道嗎？在遇到小俊之後、我突然整個人懂了。」

「懂啥？」

「錢只是錢，快樂不只是快樂。」

「可以用我能理解的話說嗎？妳知道、雖然我是個文人但什麼比喻隱喻的話坦白說我真的很聽不懂，還是直直的給他說清楚講明白大家比較不會冷場一點。」

嘆了口氣之後，淑婷隨即又甜滋滋的解釋：

「就是說，遇見小俊之後，我領悟到了一件事情，那就是、有錢又怎樣呢？難怪說嫁了個有錢老公、每天可以打扮的貴裡貴氣的結果卻像我的那個有錢房東一樣，錢有那麼多、可是從早到晚做的最有意義的事情是看我的指甲能長多長！」

「那倒是有個意思的消遣，關於研究指甲究竟能長多長的這件事情。」

「不，謝了，我現在只想要快樂，只想要一個能逗我笑、就算約會是在星巴克而不是遠企都覺得開心的不得了的人。」

喲喲喲，瞧這兒娘們唱高調唱的……

清了清喉嚨，我試著開導淑婷：

「我覺得妳這邏輯完全說不通，就像是我每次看大炳上節目講話也總是被他逗得哈哈大笑，難道這就表示我跑去找大炳告白逼他娶我共度一生然後笑掉彼此大牙嗎？」

然後淑婷用她那雙不知道電死過多少男人的大眼睛直勾勾的看著我，用一種好像幼稚園老師在對付無理取鬧硬要糖吃的死孩子那般的口氣，耐心說道：

「因為失戀所以憎恨愛情沒有關係，不過如果一直這樣憤世嫉妒下去不太好哦。」

「什麼話！我的憤世嫉俗這件事情是我媽生給我的又不是因為失戀，再說、我並沒有憎恨愛情好嗎？我只是想要嚴肅的提醒妳一個人其實也很好，自由自在的，多好！可別為了想要戀愛而戀愛，聽文人的話總沒錯。」

「我不是因為想要戀愛才跟小俊戀愛的呀，我是真的喜歡和他在一起呀。」

「很好很好，所以顯然我得馬上去跟大炳告白了我看。」

「嘿！」以一種哄小孩般的姿態，淑婷摸了摸我的頭：「失戀並不丟臉，好嗎？」

「我又沒有覺得自己丟臉！還有，不要一直摸我的頭啦！很丟臉耶！」

又摸了摸我的頭：

「根據慾望城市裡的夏綠蒂原則：失戀的療傷期是愛情長度的一半。」

「哦～那真是太好了，看來我有一年時間可以圖個清靜了。」

再次的摸了摸我的頭：

「但如果只是因為上一段的失敗就拒絕下一段的開始，那會是最笨的事情。」

「聽不懂妳在講什麼上一段下一段的。」

「坦率一點，別老是只有嘴巴狠卻膽子小。」

「我哪有。」

「妳有，而且、關於你們打的那個賭，小俊說他不會潑妳那杯熱咖啡——」

「是熱湯才對。」

「隨便啦！但是……嘿嘿但是呀但是。」

但是……哦哦……天底下最可怕的字眼出現了，這但是。

「但是如果妳半年內還是這麼憎恨愛情的話，小俊說他會要履行這個約定。」

「半年？為什麼半年？剛不是說一年嗎？」

「因為妳又不是夏綠蒂，幹什麼跟人家一樣要一半的時間失戀？」

並且：

「一個人是沒有什麼不好，但是如果下一個人出現了，別害怕再度兩個人，更別提對方還是個開PEUGEOT的帥哥。」

什麼嘛！真是什麼跟什麼嘛！

「……我說那些戀愛中的女人幹什麼那麼惹人厭就是這麼一回事！可怕的簡直就像是街上那些過度熱情的傳教士一樣，自己心中有了上帝就硬是要其他的別人跟著也信仰一樣！這是一種精神迫害嘛我說這個，幹什麼每個人都要有信仰都要去戀愛不可呢？一個人自由自在的時間都可以花用自己身上多好？幹什麼沒有戀愛的女人搞什麼好像成了個單身公害呢？是不是接下來要請環保局把我們集中起來資源回收呢？或者何不乾脆立法『單身者死』算了呢？這完全說不通嘛！」

在淑婷離開之後，我火速拿出手機撥出號碼，我火的省略了問候寒喧、也不客氣問道對方忙是不忙、劈頭就囉嗦了這麼一大堆。

當然，我有刻意忽略掉他出現在我們話題裡的這件事情。

「她們也是擔心妳呀，總結來說也是為了妳好吧我想。」

操著溫柔的嗓音、賴映晨笑笑說道，像是個正耐心對待一個吵著不肯吃紅蘿蔔的無賴小孩那般，溫柔。

「為你好？真是世界上最惹人厭的三個字了！我說呀、所謂的為你好這件事情並不存在，那些口口聲聲的為你好實際上是種變相的精神暴力，是種情感上的政治迫害！」

然後賴映晨就笑了，然後我就害羞了，因為那男人味的笑聲，因為……

「這倒是讓我想起了我那四歲大的小表弟。」

「怎麼說？」

「很皮的一個小男孩，很可愛，老是跑來跑去大吼大叫的靜不下來，每天只要他一起床、我們那整棟大棟也就跟著醒了。」

可惱！他這是在暗喻我的心智年齡像是個四歲大小孩的意思嗎？可惡！早知如此就不該在他面前誠實表現出我的神經質！嘖！失策！

「我最羨慕他的一件事情就是他總是能夠很放心的跌倒。」

「很放心的跌倒？」

「嗯，很放心的跌倒，因為他知道總是有人在看顧著他，他知道每當他要跌倒的時候，總是會有人伸出手來扶住他，所以他不怕、不怕跌倒。」

「……」

「所以我其實也很羨慕妳。」

「不，你誤會了，我如果在她們面前跌倒的話，那些壞心眼的臭婆娘只會哈哈大笑說不準還會補踹一腳。」

「呵～～妳知道我說的是什麼。」

對，我知道他說的是什麼，所以我才要裝作不知道還故意把話題轉了開；因為我不想要失戀這兩個字和我這個人連在一起，因為我覺得那樣很丟臉；對，我是失戀了沒錯，但問題是、失戀又不是我所有的狀態，而我最不需要的是、別人時不時的提醒我這個狀態的存在。

「我羨慕妳可以放心的失戀，因為妳有一群總是會適時伸出手來守護妳的朋友。」

賴映晨又說，而好奇怪的是，此時此刻的這個當下，我發現失戀的這個狀態、在他說來、好像不再那麼令我感到丟臉。

或者說是難受。

「感覺好像我每天宵夜都會吃的那攤賣紅豆湯圓的攤子哦。」

「紅豆湯圓？」

「嗯，紅豆湯圓。」

好像是從小翔走出我的生命之後，吃宵夜的這件事情開始變成要我自己去打理，而那攤賣紅豆湯圓的攤子正因為走出巷口拐個彎就能買到、所以它理所當然的成為我這個懶惰鬼最合適的宵夜選擇，紅豆湯圓取代了小翔在我生命中宵夜時段的習慣，感覺好像隨著紅豆湯圓一碗一碗的吃掉，失去小翔的痛就能夠慢慢慢慢的沖淡那樣。

熱熱的紅豆湯圓讓我的失戀夜裡變得好受一點。

而那天我記得很清楚，那是個颱風天，台灣五十年來最大的一個颱風，颱風取名叫作什麼我已經忘記了，只記得那天晚上我很猶豫著要不要照例走出去買碗紅豆湯圓，為的不是風大雨大怕被淋溼怕被吹跑，而是萬一它沒開怎麼辦？

「不知道為什麼我那天晚上覺得好害怕，不是害怕颱風淹水，卻是怕習慣了的那盞燈、那老闆那紅豆湯圓在我眼前關閉，不知道為什麼光是想到那個畫面我就難受的想要尖叫，不，其實我不知道為什麼，我害怕再失落一遍、害怕再期待卻還是又失落，儘管只是一碗紅豆湯圓一盞燈一個老闆也一樣，很害怕再養成的習慣卻又要改變。」

「結果有開嗎？」

「嗯，我很開心那個老闆這麼愛賺錢。」

然後我們同時笑了出來，開開心心的笑了出來。

在電話的末了我們約好了成為彼此的咖啡伴，不是吃我的失戀紅豆湯圓、卻是一起去喝那世界上最冷漠的老闆娘所煮出來的世界上最好喝的咖啡，因為那是我的紅豆湯圓，因為我的心門開了一個縫，讓習慣吃著紅豆湯圓的那個自己、慢慢的釋放了出來。

第十三章

失戀盟友。

只要那些約會鬼紛紛跑出去約會、而賴映晨又沒有出國帶團的時候，我們這對失戀盟友總是會來到無名咖啡館，喝幾杯咖啡、聊一會天。

好啦，是很久的一會。

「妳失戀時做過最不想被知道事情是什麼？」

刷浴室吸地板幫室友馬殺雞？把衣櫃裡的衣服全部拿出來穿在身上？躲在棉被裡面默默尖叫？在鏡子前面扯頭髮？一個人在房間裡翻筋斗？把窗戶打開朝著街上亂丟東西？

不，還是說說這個比較有面子也比較符合我的文人形象：

「一個人坐在浴缸旁邊，打開水龍頭，就這樣呆呆的看著水慢慢的流掉。」

「為什麼？因為想哭卻哭不出來嗎？」

「不，只是覺得不這麼做的話，我怎麼知道時間真的有在流動呢？你會不會也覺得失戀的時候、時間不知道怎麼搞的就是過得特別慢嗎？」

賴映晨沒有回答我他是不是也這樣覺得，他只是沉默的燃起一根香菸，讓飄起的菸霧恰到好處的模糊了在我眼前的他的表情。

我想我大概知道他沒說出口的答案：他的時間不是過得特慢，卻是完全的靜止了。

靜

止

。

一根香菸的時間過去之後，賴映晨這才走出靜止的時間，以一種我從來沒有見過的迷離表情問道：

「妳不哭的嗎？」

「以前常哭，沒事就哭，記得有次哭著跑回家的原因是晚餐那盤牛肉炒麵我居然吃它不完。」

他開開心心的笑了起來，而不再是方才那個我沒見過的迷離的表情，雖然很開心我的幽默終於有人捉到笑點，不過不知道為什麼，我還是決定把話說完：

「不過現在不哭了，一滴也沒有掉過，這次的失戀。」

「為什麼？」

「不曉得，就是突然的決定——好了，我不要再哭了——那你呢？」

我的心開了一個縫，讓失戀的心傷慢慢的釋放，那你呢？還是深鎖在那個靜止的時空裡嗎？

此時此刻的賴映晨又回到那個靜止的時空、以一種迷離的表情，逃避這個當下的現實。

「你不失戀的嗎？」

我不知道幹什麼我要問出這麼尖銳的問題來，只知道賴映晨還是不回答我這個問題，他只是焦躁的捻熄了香菸，然後轉頭向冷漠老闆娘又要了一杯黑咖啡；在一杯咖啡的空白之後，他拿出一只造型古型可愛的咕咕鐘給我：

「這個，是旅行的禮物，送妳。」

「是英國的咕咕鐘嗎？」

「嗯。」

「原來你這次是帶團去英國呀。」

「不，實際上是我自己的私人旅行。」

「哦……」

「我就開始旅行了。」

「疑？」

「妳剛剛問我的，失戀時做過最丟臉的事情是什麼。」

「嗯。」

「這就是我做過最丟臉的事情，我開始旅行，我本來是從不旅行的人，而現在、我不但開始旅行，我還成了導遊。」

並且：

「雖然我怎麼樣也找她不到。」

那是這天我們在無名咖啡館裡最後的對話。

手裡抱著賴映晨送給我的旅行禮物咕咕鐘回家，眼前我看見的是一灘刺痛我雙眼的血。

一張鮮紅色喜帖。

寫有小翔親手填上我姓名的鮮紅色喜帖。

他和她的喜帖。

淌進我心底的血。

呆住我所有的理智。

就這麼呆呆的杵在門口瞪住喜帖，十分鐘之後，我這麼告訴我自己：去他個喜帖，老娘才不要看它咧！去他的——

「去他的喜帖呀！那寡廉鮮恥的混帳王八蛋！居然還好意思的寫了張MEMO搞溫情耍文藝腔！要不要臉、我問妳這要不要臉呀！無恥鬼！」

結果我還是打開了喜帖看，然後趕在我全身上下的毛細孔都噴出憤怒的時候，打了我的一一九——

「深呼吸，聽話，深呼吸，呼～呼～」

呼～呼～但沒用。

「我氣得想把這張該死的喜帖吃進肚子裡拉成大便呀我！氣死我啦！」

「哎呀～～喜帖不好吃啦。」

「呀──呀──」

「深呼吸，呼～呼～，深呼吸。」

呼～呼～

「MEMO上面寫什麼？」

呼～呼～完之後，我試著冷靜的回答秋雯：

「很需要妳的祝福，我們才能走過那張紅地毯得到幸福。去他媽的！」

「去他媽的？」

「去他媽的是我加的，去他媽的鬼祝福！去他媽的鬼幸福！走他媽的紅地毯啦！最好在上面摔個狗吃屎啦！呼～呼～」沒用。「他們的幸福干我屁事呀！我老娘生老娘我下來又不是為了要祝福別人用的！」

「說的好。」

「好極了我！什麼情形呀現在？祝福他們又不是我的責任，幹什麼非要我祝福他們才行？沒有我的祝福對他們的婚姻有什麼影響嗎？未免也欺人太甚了吧？王八蛋！呼～呼～」

「嘿！妳還好吧？」

不，不好，我糟透了，再多的深呼吸還是會想要尖叫，我甚至得緊緊的抱住我的手才能阻止它去扯我頭髮！

老天爺，我真想放火燒了這一切。

為什麼不是我？

「小翔還是很內疚吧！我想他不會是存心故意要讓妳難受的啦。」

「去死啦！」

「如果他已經不在乎的話，何必要多此一舉呢？」

「去死！」

「你們畢竟還是真心愛過呀。」

對，只是最後退出的人還是我，只是他最後選擇的人不是我，只是我甚至不知道從頭到尾小翔有沒有打算娶過我？雖然我並沒有想要嫁給他過，因為畢竟小翔煮的義大利麵真他媽的難吃死了而且有時候又龜毛的要命常常我會搞不懂到底他是男人還我是男人因為他真的很愛碎碎唸煩都把我給煩死了——但、我還是希望他想要娶我，雖然我從來沒有想要嫁給他、但我就是想要他曾經想要娶過我——哦～～老天爺，我真媽的愛過他！

為什麼不是我？

「要不要我陪妳？」

「不用了，我才不要去他的鬼婚禮咧。」

「誰說那個新郎新娘會在紅地毯上摔個狗吃屎的鬼婚禮啦？我是說現在啦！」

「不用了，我還好，我沒妳以為的那麼脆弱。」

我希望我沒有那麼脆弱。

「妳確定？我可以過去幫妳吃掉庫存的零食哦，實不相瞞這才是我想過去妳那邊的真正目的。」

「不用了啦，真的。」

我儘量試著不脆弱。

「真的？」

「真的啦！再囉嗦小心我揍妳。」

「好啦。」

為什麼不是我？

「嘿！」

「嗯？」

望著手中已經被揉皺的喜帖，忍不住的我還是想講：

「原來小翔是天主教徒。」

「疑？」

「教堂，他們的婚禮在教堂舉行，原來他是天主教徒。」

「重點是什麼？」

「重點是我們交往了那麼久，而我卻是在分手之後才知道原來小翔是天主教徒，

我從頭到尾不知道他信奉天主教，分手後的現在才知道，感覺真是怪怪的。」

「有差嗎？」

「是沒差。」

「那就好。」

「嗯。」

為什麼不是我？

「嘿！」

「嗯？」

「離妳的打火機遠一點，我可沒錢去警察局保妳出來，縱火罪很貴的。」

然後我就笑了，雖然眼睛溼溼的，不過到底還是成功的笑了一下。

「不想去就別勉強去婚禮，因為本來就沒有誰有責任要去祝福誰。」

「好。」

好。

說的好，我為什麼要祝福別人的天長地久？

就算對方是小翔也不例外，已經變成了別人的、小翔。

為什麼不是我？

手裡拿著與我無關的喜帖走進浴室，本來我是想要在洗臉檯上放火把它燒個光光的，但結果我做的卻只是扭開水龍頭，靜靜的看水流走。

流走。

愛情屍體，這喜帖，這淌進我心裡的血，燒不掉也葬不了，真可惡。

可惡。

第十四章

我沒有去那場與我無關的婚禮，新郎新娘會在紅地毯上摔個狗吃屎的那場。

雖然我打從心底想要帶自己去參加，去看看小翔變成新郎的樣子，去看看那個我始終沒有見過的她、長得什麼樣子；或許還學一下慾望城市裡的凱莉，好電影的在婚影結束之後才姍姍來遲，既瀟灑又性感的站在街角，然後當小翔緩緩走向我的時候，哥兒們似的捶了一下他的胸口，感觸很深、語氣卻淡的問道：為什麼不是我？

為什麼不是我？

我不知道為什麼不是我，我只知道我不是凱莉，小翔也不是Mr. Big，而且婚禮的那天我病了一場。

結結實實的病了一場。

起先只是拉肚子，在連續一個星期的吃什麼瀉什麼之後、差點搞成把自己釘在馬桶上之後，淑婷終於看不過去的把我硬是拖到診所去給醫生看肚子，結果才知道原來是腸胃炎搞的鬼——怎麼搞得拖這麼久才來看——當時醫生還青了我這麼一眼。

「我該為此道歉嗎？」

丟下這句話之後，我把他青了回去，接著抱著肚子趕緊落跑；這事讓淑婷笑了很久，我搞不懂這事的笑點在哪裡。

我腸胃炎。

後來腸胃炎還沒好，接著我又發起燒來，很乾脆的就燒到了三十九點八度，差點沒給燒成瓦斯爐；那幾天我整個人全天候像是在宿醉一樣，全天候的就是虛在棉被裡面昏沉沉的冒冷汗，晚上秋雯淑婷雅蘭還有小俊會買晚餐過來，在掀開我棉被確定我還活著之後，就自顧著聊天打牌嗑我的即溶咖啡、還不幫我擦汗擤鼻涕餵吃飯，走時還壞心眼的對著小虎斑的臉偷放幾個響屁。

為什麼不是我？

在小翔婚禮的那天，我盯著天花板滿腦子想呀想的就是這個問題，這個問也問不出口的六個字：為什麼不是我？

小翔婚禮的那天，我高燒已經退了很多，腸胃炎也疑似痊癒了，但整個人還是軟趴趴的沒力氣下床，沒力氣下床的我凌晨五點鐘就清醒了過來，凌晨五點鐘就清醒過來的我很想很想把自己拖到浴室裡清洗一頓，然後穿上最暴露的衣服、畫上最心機的妝、好風情萬種的跑去參加小翔的婚禮，不是想要他後悔知道自己錯過了什麼、只是單純的想用最美麗的模樣、裝模作樣的問道：為什麼不是我？但攤軟的身體卻不允許我這麼做，就這麼呆呆的望著天花版時，我突然想起那天。

和小翔約定好分手的那天。

像是個壞預兆似的，約定好分手的那天，我臉上剛好冒出一顆很大很大的痘痘，就在嘴角上方，紅通通的、活像顆三八痣似的，討厭。

不知道為什麼，當時對著鏡子瞪住三八痘的我，突然有一種很真實的感覺，我真實的感覺到這顆痘痘之所以冒出來就是為了要告訴我，告訴我從此以後再也不會有人親密的喊我一聲小朋友，這張臉這個身體這頭髮這皮膚再也不會被擁抱被需要被觸摸，那不是失戀的多愁善感，而是真實的預感，不要問我為什麼，我自己就是這樣知道。

「小朋友。」

聽我囉嗦完這一堆之後，賴映晨在電話那頭這樣喊著，然後我就笑了。

真是發神經，一大清早的打電話給他說這些沒營養的五四三。

「能笑出來就好多了。」

「嗯。」

「還愛他嗎？」

「早不愛了，約定好分手的那天，愛情就不見了，只剩下不甘心，真的不甘心：為什麼不是我？她比我更好嗎？我哪裡比她不上嗎？還是只因為他們遇見的比我早嗎？愛情真的有這麼容易選擇嗎？先來後到？先愛先贏？」

「他讓一切變得很容易。」

「疑？」

「我的前女友告訴我的，因為那個人讓一切變得很容易，她後來遇到的那個人，我始終沒見過那個人是怎麼樣的一個人。」

前女友。我注意到這次賴映晨說的是前女友，而不是一個說也說不出口的名字，甚至連『她』這個代名詞都捨不得用。

好像一說就會碎了那樣的、珍貴。

「我覺得比較奇怪的是，那些戀愛時所產生的能量，在分手之後都跑哪去了？真的就這樣一句『我們分手吧。』就瞬間消失了嗎？那些愛的能量。」

回過神來，賴映晨還在電話的那頭說著，不知道是不是清晨的關係，這不太像平時在無名咖啡館裡坐在我對面的那個沉默得多的優雅男人。

但我想應該不是，應該是婚禮這個話題的關係，而我只是在想：他的那個『她』也有了個與他無關的婚禮嗎？

我只是想，我沒有問。

「沒有跑哪去呀，其實都還在的，只是轉變成為回憶的形式存在，這樣而已。」

「難怪我討厭回憶。」

結果賴映晨這麼說道，連思考也沒有的、就立即說道。

說得太快了，快的不自然。

是討厭回憶、還是困在回憶裡？

我不知道答案，但我聽見賴映晨試著想要走出回憶的聲音，我聽見他問：

「要我陪妳去嗎？那婚禮？」

「用我新男友的身份嗎？」

話才一說出口，馬上我就後悔了，因為話裡的暗示太強烈了，真討厭，真丟臉。燒不是已經退了嗎？怎麼我還會不小心就脫口而出這份對他不說破的喜歡？這我們早就該討論的話題——

「好呀。」

「疑？」

「帶著新男友去參加舊男友的婚禮，不賴。」

「別鬧了，我已經過了演這種愛情戲的年紀了。」

我不年輕了。

「誰說只能是演戲？」

「……」

不說破的喜歡，這我們早就心知肚明的感覺，這我們總是緊守著的最後防線，好像誰先開口確認了、誰就會全盤皆輸那樣。

「真心話大冒險。」

「啥？」

「要不要玩真心話大冒險？」

「佔我便宜呀？跟個腦子差點燒成瓦斯爐的人玩真心話大冒險。」

「真心話大冒險，我喜歡妳。」

「……」

「喜歡收到妳的回信，雖然一開始只是很客套的禮貌；喜歡和妳講電話，雖然一開始妳好像很提防著我讓我有點難過，但儘管是這樣，那天聽到妳脆弱的時候，我還是忍不住像個白痴一樣，一家一家KTV、一個一個包廂的去找妳，因為我會擔心妳，因為我開始放妳在我心上了。」

「……」

「喜歡妳的故作堅強又其實脆弱，喜歡妳的過份神經質還有時候講話很粗魯，就是喜歡這樣的妳，所以才會帶妳去那家我最自己的咖啡館；我喜歡對面坐著的人是妳，喜歡聽妳說話，喜歡和妳在一起，喜歡一再一再的跟妳約定下一次見面的時間，喜歡一想起妳的時候、嘴角自然的就是微笑。妳呢？」

我同意，我同意他喜歡的事我也喜歡。我喜歡他，喜歡他那眼睛那嘴唇那雙手……多合適親吻，也多合適被親吻。

「實不相瞞常常我會看著你的臉看到入迷，然後在心裡ＯＳ一句：幹！這男人真帥！未免也太可口了吧！真要命！被他抱在懷裡說有多舒服就有多舒服啦！」

我以為我這麼說了，這麼開玩笑的說了，然後話題就這麼被玩笑的帶過了；但是結果我沒有，結果我說的卻是：

「真心話大冒險，映佐其實已經死掉了。」

一開始牽引著他來找我的映佐，其實已經死掉了。

終於還是說了，這一開始就想告訴他的話；我不知道幹什麼我偏偏要挑在這個時候說，我只是覺得再不說的話、恐怕就再也沒機會說了。

因為早就該說了，早就……

在賴映晨長長的沉默裡，我聽見他傷心的氣息，我發現我好討厭自己。

「怎麼……發生的？」

「九二一，畢業後從同學那裡聽到的。」

「那……她哥哥？」

「還在，只是很傷心，在告別式上，很傷心。」

其實是自責，但我沒說。

在告別式上，他情緒崩潰的自責哭訴該死的人是他，因為九二一那晚映佐睡的是他房間，因為當時映佐車禍摔斷了腿的關係，所以他把自己位於一樓的房間讓給映佐睡，好方便她行動；可是誰曉得映佐從此就不再行動了，因為九二一，那房間上的樑柱，倒下，壓住了、逃不掉的，映佐。

「運氣差了點。」

運氣差了點，我把整個映佐死亡的過程轉化成為簡單一句——運氣差了點。就像告別式那天，我告訴她哥哥的那樣：只是運氣差了點，並且：這不是你的錯。

「要不要陪你去？看映佐？」

打破了賴映晨的長長沉默，我問道。

「好。」

半小時之後，賴映晨開著車來接我。

開車，我們開往南投的方向，映佐最後的方向。

「抱歉哪，沒陪妳去婚禮就算了，還要妳——」

「沒關係，反正同樣是葬禮。」

「嗯？」

「愛情葬禮，他們的婚禮，我的愛情葬禮。」

這是我們在車上唯一的對話；此外就是全然沉默的旅行，以及，車裡REPEAT了一次又一次的，陳綺貞的，旅行的意義。

你擁抱熱情的島嶼　你埋葬記憶的土耳其
你流連電影裡美麗的不真實的場景

在陳綺貞純淨的歌聲裡，我們來到了映佐長眠的地方。

在映佐長眠的墓碑前，賴映晨沉默的告別、以眼神；我不知道凝望著變成只是一塊墓碑的映佐時，賴映晨在心底對她說了什麼？但我猜想話裡應該有很多很多的對不起。

對不起，來不及送妳最後一程；對不起，當年沒能愛妳，對不起……

「嘿！」

我握了握賴映佐沉默的手，然後告訴他：這不是你的錯。

然後他轉身把我抱住，哭泣；像個孩子似的，哭泣。

我們在眼淚中相吻。

那是我們愛情的起點。

第十五章

黑色公寓。

從失戀盟友正式變成情人之後，我們經常去的地方也正式從無名咖啡館變成賴映晨的黑色公寓。

黑色公寓。

傢俱是完全性的黑，牆壁則是最純粹的白，強烈的黑白對比。這賴映晨的黑色公寓，很質感，質感到可以拍成照片登在室內設計雜誌上供人羨慕，以及驚嘆。

質感的黑色公寓，剛好相襯賴映晨那張極質感的臉；只是不知道為什麼，這樣質感的黑色公寓，住著這樣質感的賴映晨，卻讓我有一種好寂寞的感覺。

寂寞，這是我第一次踏進這黑色公寓時，聞到的味道。

寂寞的味道。

寂

寞。

「你一個人住這麼大地方呀？」

「太大了嗎？」

靦腆的笑了笑，賴映晨接著說：

「鄉下人的個性哪！改不了，總是習慣住大地方。」

「不，是寂寞。」

「嗯？」

「很寂寞的感覺，這黑色公寓。」

我說，然後我這才留意到：我從來就只見過賴映晨穿黑色毛衣，賴映晨不只是住著黑色公寓，也總習慣穿著黑色毛衣；穿了一身的黑，還開黑色的PEUGEOT。

黑。

酷到底的黑。

「為什麼總是穿得一身的黑呀？」

「大概是因為安全吧。」

「安全？」

「嗯，安全，總覺得每次穿上黑色的衣服之後，就會有一種很安心的感覺，尤其是在冬天穿上一件厚厚的黑色毛衣，就好像沒有什麼值得寒冷的了。」

「怎麼聽起來好寂寞的感覺？」

「寂寞？」

「嗯，寂寞，總是穿著黑色毛衣的男人，住在黑色公寓裡，而且連PEUGEOT都是開黑色的。」

「呵，這麼一說、好像是哦。」

「怎麼辦？寂寞的不得了的時候。」

「就抽菸吧。」

結果他這麼回答我，然後燃起一根香菸，抽，抽，抽寂寞，在我面前，賴映晨抽他的寂寞。

本來在那個當下我以為我會生氣，就像從前小翔膽敢在我面前抽菸汙染我的肺那樣，總是免不了的被我臭罵一頓或者直接過肩摔；可此時此刻，連我自己都覺得好奇怪的是，我沒有，沒有生氣，也沒有擔心我無辜的肺，我只是呆呆的凝望抽著菸的賴映晨，彷彿在觀賞什麼電影那樣的凝望，這樣而已。

還有入迷。

這是第一次，我真正感覺到自己是在戀愛，而不是擁有一段名為戀愛的關係；我被愛情牽著走，而不是處理著愛情這件事。

戀愛不是用談的，是用墜入的。

當賴映晨把香菸捻成優雅的S型在菸灰缸的那一瞬間，我突然想起這句話——戀愛不是用談的，是用墜入的——這句江國香織寫在《寂寞東京鐵塔》裡的話。

戀愛，
不是用談的，
是用，
墜入的。
墜入的

墜入

墜入

墜入

墜入

墜入

墜入

墜入

墜入

墜入

墜入

墜入

以失控的速度，我們墜入在這大大的寂寞的黑色公寓裡，這黑色的愛情裡。

一開始是賴映晨每天會開車來接我下班，然後我們會隨機挑選漂亮的餐廳晚餐，吃個長長的悠哉晚餐之後，再隨機挑選慵懶的lounge bar喝個長長的調酒，最後再以黑色公寓做為句點，在Savage Garden沙啞又性感的歌聲裡，做個長長的愛，既高潮又無恥的那種。

歡愉。和賴映晨在一起時的感受，無恥的歡愉。

漸漸的，隨著我擱在黑色公寓的私人物品越來越多時，回家的次數也幾乎可以說是沒有，上班的次數也是；我是，賴映晨也是。

彷彿與現實世界脫離了的，黑色愛情，而我們的姿態，是墜入。

墜

。

入

「欸，我的話是在家寫劇本也可以，但你呢？你都不用帶團嗎？」

在黑色床單上，枕在賴映晨寬厚的胸膛上，忍不住的，我好奇問道。

「我在家裡帶團呀。」

將細長的手指在我的身體上游移，挑逗，賴映晨才又笑著說：

「本來就不是很喜歡離開台灣去帶團的個性哪！遇見妳之後，不用說的就更討厭離開了呀。」

「就是說不用工作也可以過得很舒服的意思？」

「嗯，差不多是這方面的意思。」

意思是他家裡底子很硬的意思，真是羨慕這種人，一被生下來、家裡老頭就先幫他賺好了一輩子要花的錢，生活在這個世界上的唯一使命好像就是負責讓貨幣保持暢通就好了。

真好命，真羨慕。

「倒是妳。」

「我可沒你那麼好命。」

「不，意思是、妳何不也乾脆專心的在家裡寫小說呢？」

「疑？」

「寫劇本改呀改的太浪費作家的生命了！妳直接就在這裡專心寫小說就好啦。」

「這個嘛……」

「嗯，對，就這麼決定吧？好嗎？好吧！」

「喂！幹嘛就替我決定啦？」

我笑著想抗議，結果被賴映晨吻去了我的抗議。

「廚房如何？就在廚房寫作，不賴。」

「在廚房寫作？很怪呀。」

「怎麼會呢？電腦就擺在餐桌上，而且是面向窗方的那個方向，好嗎？好吧！」

「這個嘛……」

「嗯，思緒困頓的時候剛好可以把那扇大窗戶打開，看看北投的山景，忘了這裡是台北，好嗎？好吧！不賴，就這麼決定囉！」

「這個嘛……」

「這樣我就可以全天候的擁有妳啦！就這樣嘛！」

把臉埋在我的頸間，這個男人味的大男人竟就像孩子般的撒起嬌來，真是、拿他沒辦法。

拿他沒辦法。

廚房。

隔天賴映晨果真就買了台筆記電腦放在廚房的餐桌上，果真就是面向窗戶的那個方向；筆記電腦是黑色外殼的復古機型，像賴映晨會有的style，也像慾望城市裡凱莉固執著不淘汰換的那台老電腦。

廚房。

廚房除了變成是我寫字間之外，也是小虎斑的新歸宿。

興致勃勃的買好了電腦之後，賴映晨開心的像是個得到什麼夢寐以久玩具的小孩那般，開開心心的提議著小虎斑也該接過來一起生活，於是我們開車來到我久違的公寓接小虎斑，也順便再搬走許多我的衣物，以及其他。

離開時我望著空了一大半的公寓，一個人來到台北之後、獨居了好久的公寓，每個角落都充滿著回憶的公寓；突然的，我有種好不踏實的感覺，恍惚間我感覺到空虛虛的公寓好像想要告訴我什麼訊息，然而它還來不及道出，賴映晨溫柔熱切的眼神卻打斷它、取代它擄獲我所有的視線，以及理智，還有我的整個人。

我拒絕不了他，他，這樣的一個男人。

這樣的一個男人，提議再養隻貓。

「我們是一對，而小虎斑卻只有牠自己，這樣太可憐了。」

有次，當小虎斑攤在賴映晨的肚子上撒嬌時，他如此說道。

「這樣吧！我們再去買隻貓來陪小虎斑？如何？」

「好呀，不過有個條件。」

「嗯？」

「你戒菸？」

他為難。

「先戒一半？」

「在妳面前不抽？」

「在我身邊的時候身上不准有菸味？」

「這太為難人了……」

結果我們達成的協議是，在我面前的時候，賴映晨不抽菸，儘量不抽菸；真忍不住菸癮的時候，他就會走到陽台去吞吐，吞吐他的寂寞，就在廚房裡電腦面向的那個方向，那個陽台。

白色金吉拉。我們買的貓。幾乎是第一眼就吸引住賴映晨目光的貓，在寵物店裡。

白色金吉拉，純潔的白，長長的毛，高貴的傲，冷冷的貓，像有時候的他。

抽著菸時的賴映晨，曾經說過寂寞時就抽菸吧的賴映晨。

我討厭抽菸的賴映晨，我討厭吞吐著寂寞的他，討厭抽菸時看起來冷冷的好陌生的他，討厭……

儘管討厭，卻拒絕不了，這樣的他，這樣的賴映晨。

拒絕不了，因為墜入了。

墜入了。

墜入。

墜

入

。

第十六章

才發現手機居然沒電了，而且不知道幾天了！

彷彿與現實脫了節的愛情，這和賴映晨的愛情。

Lost。

當台北所有的餐廳夜店都去遍了之後，有天賴映晨提議來個環島旅行，然後我們就出發了，沒帶行李、沒預訂飯店、沒想好要去哪裡，就是把貓託給寵物旅館，然後兩個人坐上車，這樣而已。

起點是台北，終點是基隆；環島旅行，超隨性的那種。

由台北出發，而方向是往南，沿途上看到什麼好景點就下車走走，找到什麼好餐廳就進去吃它，發現什麼優的精品旅館，就直接走進去check in。

Lost，與現實脫了節的，愛情。

時間失去意義，日子隨心所欲，最純粹的兩人世界，沿著台灣全島，我們旅行。旅愛情。

T S O L

終於回到台北之後，這我才發現手機居然沒電了，而充電器一直忘在我的公寓裡忘記帶，於是我要賴映晨送我到公寓，而他獨自去接貓；於是我才明白真正的愛情確實是個癮，明明兩個人已經形影相隨了這麼長一段時間，然而在短短的分離時，依舊還是會捨不得。

才走下車，遠遠的我就看到等在公寓樓下的小俊，遠遠的我就聽到他攻擊意味很濃的問了這麼一句：

「還活著就好。」

「謝你哦，倒是你，幹什麼跑到這裡來等別人家的女朋友？」

「因為我女朋友要我來這裡等看看她好朋友還活著沒有。」
「好說。」
「老天爺！」
「老天什麼爺？」
「妳知道我說的是哪個老天爺。」
「……」
攻擊展開：
「這年頭還有人這樣談戀愛的呀？」
「哪樣子談戀愛？」
「妳一聲不響的就不見了人，手機還不開！妳知道我們有多擔心嗎？」
「又不是三歲小孩了，我幹什麼要跟你們報備我的行程呀？奇怪溜。」
「如果妳還記得我們最後一次見到妳的時候，妳還是個發高燒腸胃炎病人兼前男友要結婚了的人，妳就不會奇怪我們幹什麼要擔心！」
「對不起。」
直接了當的我道歉，沒想到這卻大大的嚇到了小俊，只見他亂不習慣老娘居然會道歉似的摸了摸鼻子，極不自在的裝帥說道：

「不過，很高興看到妳終於胖了點，妳以前太瘦了。」

「感恩，再會。」

然後轉身我就要上樓，然後小俊一把就把我捉住：

「妳給我等一下。」

「幹嘛啦？老娘尿急啦！」

「妳最好是真的尿急啦！葉大哥要我問妳、為什麼突然的就不寫劇本啦？」

因為賴映晨叫我專心寫小說就好，在他的公寓裡專心的寫小說就好，和他在一起專心的寫小說就好。

「妳還記得葉大哥是誰吧？」

「哎喲～～我有傳簡訊給他啦！這種事有必要你親自跑一趟過來問嗎？莫名其妙愛雞婆。」

「什麼！」

「意思是秋雯要結婚了也只需要傳個簡訊給妳就好？」

「從什麼時候開始我們變成只是簡訊朋友了？只因為那個PEUGEOT男？」

「你給我聽好了！他不叫作PEUGEOT男，他有個名字叫作是賴映晨！還有、為什麼秋雯要結婚了卻沒告訴我？這個她最好的朋友我！」

「妳怎麼不問是誰一直不露面手機還關機！」

「我出去旅行了一趟，忘了帶充電器。」

「也順便把我們這些朋友給忘記是不是？」

我臉紅。

「妳幹嘛心虛？」

「你哪隻眼睛看到我心虛了？」

「我兩隻眼睛都看到了，」指了指我的小指頭，正放在我嘴巴裡咬著的小指頭，小俊一點客氣也沒有的繼續說：「咬小指頭，妳每次心虛的時候就會下意識的咬小指頭，淑婷告訴我的。」

我把小指頭拿開，然後開始下意識的拉耳垂。

「老天爺！麻煩誰幫個忙把那個我們認識的恰北北還回來好嗎？」

把手拿開我的耳垂，我開始搔搔我的下巴。

「很好，再幫個忙，回個電話給秋雯，因為她要找妳當伴娘。」

「我——」

「因為她一直記得才之前不久有位少女一直囉哩叭嗦著朋友結婚沒被找當伴娘！」

「你——」

「她記得，淑婷記得，雅蘭記得，連我也記得！那妳呢？妳還記得我們嗎？這記得我們這些朋友嗎？」

「有那麼嚴重嗎？」

「就是有，我不喜歡妳這個樣子，愛的沒有了自己，那很危險。」

不是愛，是直接的陷。

陷。

「幫自己一個忙，不要笨到讓自己的世界是被別人主導，妳是我們的朋友、不是他的寵物。」

「有必要講得這麼難聽嗎？寵物個屁啦！你幹嘛對他這麼有敵意呀？你甚至還不認識他耶！」

「因為他讓妳變得不像妳了，再見，秋雯的婚禮見，如果妳那天會記得來的話。」

並且：

「還有，這種小女人的路線，實在很不適合妳走。」

然後小俊就走了，氣呼呼的走了；莫名其妙簡直是，發神經嘛這小俊。

被小俊給氣出一肚子火之後，火速的老娘就跑到秋雯的公寓盡情抱怨個夠：

「發神經嘛這小俊！之前一直機機車車著要我趕快戀愛去否則就要潑我個滿臉咖啡的人，這會老娘果真戀愛去了又氣呼呼的囉嗦一堆，什麼嘛！什麼跟什麼嘛！」

「嗯嗯，幫我把那袋洋芋片遞過來好嗎？」

「好呀。」

遞過洋芋片之後，我繼續抱怨道：

「發神經嘛這小俊！哪個人熱戀的時候不是這麼個陷法呀？莫名其——」

「妳。」

「我啥？」

「妳以前熱戀的時候不是這麼個陷法。」

「那又怎樣？」

「是沒怎樣。」

「有沒有咖啡？」

「有，順便幫我泡一杯來，要很濃很濃的那種。」

兩杯咖啡，很濃很濃的那種；一杯給自己，一杯給即將嫁給別人的女人，我最好的朋友，秋雯。

咖啡是燙口的，而心情，是不捨的。

最好的朋友要變成別人的老婆了，往後的生活的重心不再是我們這些姐姐妹妹們了，不捨。

不捨。

眼看著距離婚禮一個月不到的時間、肯定是辦不到把自己塞進白色婚紗裡、於是乾脆管他去死照吃照喝的秋雯，打斷了我的話，定定的指著我說：妳。

而此時我們就在她的公寓裡，在這個行李已經空了一大半的秋雯的公寓裡，在這行李已經空了一大半的公寓裡，我們一邊點著蠟燭喝著咖啡，一邊進行徹夜的談話，當秋雯嫁給別人當老婆之後、可能不會經常再有的徹夜漫談。

因為她的人生已經完全不再只是她一個人的事了。

「對不起啦。」

「對不起啥？」

「錯過第一個被妳通知結婚消息的機會。」

「三八呀，又不會怎樣，到時候禮金給我包厚一點就好了啦。」

「哈。」

「沒包個二五八萬的，別怪我放狗咬人。」

「算妳狠。」

「開玩笑，我說人之所以要結婚，就是為了趁機海撈一票。」

「說得好，倒是、幹嘛突然的想婚啦？」

「因為時候到了。」

「意思是？」

瞄了瞄秋雯的肥肚子，結果被她打了一下頭；氣不過的我打回她頭之後，繼續疑問：

「意思是，反正你們都交往這麼多年了，為什麼不是以前、為什麼不是以後、偏偏卻是現在呢？哎呀～～意思是——」

「我知道妳的意思是什麼。」

「這有趣，我都不知道自己的意思是什麼。」

「爆點。」

「疑？」

「兩個人之所以想婚了的爆點，這跟交往的時間沒有關係，是吧？」

「是。」

繼續泡了第二杯濃濃的咖啡之後，秋雯才說道：

「這巷口有家小吃店妳有印象嗎？」

「有，牛肉麵還不錯、排骨飯就遜掉了的那家？」

「沒錯。如果沒有約會的話，我就會一個人走到那家小吃店打發晚餐，一方面是因為那家老闆娘的麵都給得很多這樣我就不必因為點了兩碗麵外加四盤小菜才能夠吃得飽而罪惡感很重、回家做惡夢。」

「想必妳做的惡夢都是些吃也吃不飽的情境吧？」

「不想活著走出這公寓的話妳可以繼續說下去沒關係。」

「我道歉，請繼續。」

「嗯。重點是那小吃店的老闆娘，她的樣子活脫脫就是所有女人的中年惡夢，糟糕的髮型、太紅的口紅、抹布似的衣服以及油滾滾的肚子，可是好奇怪每次我去吃牛肉麵的時候，這樣子一個所有女人的中年惡夢的女人卻總都是笑嘻嘻的和老公小孩在說話在開心，好像那惡夢般的外表完全影響不了她的人生，而且重點是妳看得出來他們是打從心底開心！」

「儘管她是所有女人典型的中年惡夢？」

「儘管她是所有女人典型的中年惡夢。」

「所以現在妳也想要變成那樣的惡夢只為了這樣才能打從心底開心？」

「不，只因為那天我男朋友去那裡吃麵，我把這感受告訴他，而他聽了之後，告訴了我這麼一句話。」

「拜託別告訴我。」

「我這會正打算告訴妳，他說：我也要那樣的畫面。」

「惡夢般的畫面？」

「嗯，中年發福的我們，或許加上一兩個小孩，然後我們一家人打從心底的開心，而重點是，那個畫面裡，有我也有他。」

那個畫面裡，有我也有他。秋雯說。

而我只是在想，就是一句話，每段感情每個婚姻，其實說穿了，都只是一句話，然後開始，這樣而已。

第十七章

小時候我曾經看過這麼一個漫畫，大概是在講吸血鬼之類的怪物攻擊人物這方面的科幻漫畫，漫畫裡被吸血鬼攻擊了之後的變種人類，他們的外表和正常人並沒有差別，只是他們會開始再去攻擊其他還沒被攻擊的人類……直到世界上全部的人類都淪陷了為止。

漫畫的最後是男主角的一竿子好友也成了變種人類而一同攻擊唯一還是純人類的男主角，因為男主角太強了、所以朋友們就邪惡的使出動之以情的下三濫招數，好感人的慫恿著他說變種人類的好處，而『永生』是我現在唯一還記得的其中一個。

不知道為什麼當我知道秋雯要結婚的時候，很奇怪的立刻聯想到這本小時候曾經看過、但後來就沒再想起過的漫畫，我想那大概是因為我覺得自己好像變成了那唯一沒有變種的男主角吧！在身邊的朋友們紛紛淪陷於婚姻之後，終於我最好的朋友也開始拿喜帖攻擊我了。

「聽起來妳的潛意識把結婚當成是另一種形式的永生。」

這是賴映晨聽完了之後、開口的第一句話，當我們開車前往秋雯婚禮的路上。

「你昨天沒睡飽嗎？怎麼會說出這麼夢幻的話來？」

「確實是呀！結婚生子本來就是生命的延續呀。」

「嗯，沒錯沒錯，你昨天沒睡飽。」

笑了笑，賴映晨又說：

「結果呢？那漫畫裡的男主角最後也淪陷了嗎？」

「嗯，而且淪陷之後還變得挺開心的呢。」

「我倒是覺得滿恐怖的。」

「結婚？」

「以及永生，也就是妳所謂的生命延續。」

「為什麼？你不喜歡小孩？」

「不，小孩很好，我只是不喜歡我自己，只要一想到這個世界上還有另一個形式的我在延續著，就覺得很不安。」

還想說些什麼的時候，賴映晨踩下了剎車，抬頭一看，原來是秋雯辦喜宴的飯店到了。

下車。

新娘房裡，婚禮前的最後準備，鬧哄哄的那種。

一個新娘，兩個男人，三個伴娘；我們這三個伴娘喜孜孜的忙碌著試穿伴娘禮服，認真挑剔的投入程度一度讓婚紗公司的小姐誤會我們三個女人才是本日的主角新娘，而至於本日的正牌新娘秋雯則是打從被定在化妝檯前開始就氣呼呼的怒視著忙碌於幫她化妝打扮、試圖讓她看起來像個女人、或者可以不像個壯漢的婚禮祕書；兩個男人之一的小俊是忙著隔離新娘攻擊滿桌的零食——只有今天，別吃！我們好不容易才把妳塞進婚紗裡面，拜託！——而另一個男人賴映晨則是保持著一張好看的笑容、遠遠的站在新娘房的角落，以一種極不自在的姿態。

格格不入。

「是不是不習慣這種場面？」

趁著試裝的空檔，我走到賴映晨的身邊問他。

「欸。」

「還是出去幫我們買咖啡如何？」

淑婷加入我們，如此提議道。

「好呀。」

露出如釋重負的笑容，賴映晨開心的點頭，然後轉身，然後離開，在他轉身離開的那短短一秒鐘，新娘子捉緊時間吼來這麼一句：

「我的咖啡裡面要加很多很多的甜甜圈！」

然後婚禮祕書青了她一眼，然後放棄似的嘆口大氣，然後默默走到陽台去抽根菸。

我們笑成一團。

「婚禮過敏症。」

突然的，雅蘭冒出這麼句沒頭沒腦的話。

「這什麼？」

「婚禮過敏症。我有個朋友也跟PEUGEOT男一樣，只要是置身在這種場合就會渾身不自在，嚴重時還會併發呼吸困難心跳加速毛細孔擴張的症狀。」

「講得跟真的一樣。」

「本來就是真的。」

「這是他第一次參加婚禮嗎？」

秋雯問。

「沒，我那朋友抵死不參加婚禮。」

「誰管妳那鬼朋友啦！我問的是PEUGEOT男啦！」

秋雯吼了過來，接著新娘房裡又恢復了原先的一片混亂，直到婚禮即將開始的前十分鐘才終於悄悄平靜下來，而至於出去買杯咖啡的賴映晨，則是一直沒有再回來。

「不會是迷路了吧？」

我擔心著。

「哪可能！STARBUCKS就在街角而已耶。」

「不會是落跑了吧？」

小俊不懷好意著，然後我青了他一眼：「我去找他一下。」

「喂！婚禮就要開始了耶！」

「放心，我在附近找一下而已，婚禮前一定回來，我保證。」

我保證。

然而婚禮開始前我並沒有回去，因為出去找賴映晨的我，在大廳的旋轉樓梯上看見一幕好奇怪的畫面，然後我整個人呆掉、空白掉；在大廳的旋轉樓梯上，我看見過去的賴映晨、被封在過去的賴映晨。

我很難不看見他們，因為所有的人都在觀望著他們，他們，手裡提著咖啡的賴映晨，還有一個貴裡貴氣的老婦人，捉住賴映晨的手臂，歇斯底里的大吼，控訴著——

「小糖在哪裡？你把她藏在哪裡？把我女兒還給我！還給我！」

我猜想，我猜想事情的前後經過可能是這樣：在買咖啡回來的途中，賴映晨被這位婦人撞見，然後被纏住，然後被提醒，被封住的那段過去、從來不曾真正成為過去。

我猜想，在事後。

然而當時的那個我，撞見這一幕的那個我，所能做出的最大反應只是呆住，呆呆的凝望著被過去遇見的賴映晨，從頭到尾的只回答：

「我也想知道她在哪。」

「我也想知道她在哪。」

這是賴映晨開口的第一句話，淡淡的口吻，淡得像是在賠罪。

在飯店轉角的STARBUCKS裡，最角落的這張桌子上，桌上擺了兩杯熱咖啡，一杯是賴映晨，一杯是我；當我低下頭喝進第一口咖啡的時候，彷彿還可以聽見飯店裡的結婚進行曲正在響起，突然間、我舌尖出現了苦澀的滋味。

在STARBUCKS外，秋雯正在進行她的未來，STARBUCKS裡面的我們，卻在面對過去。他和她的過去。

過也過不去。

「她老了好多，她……小糖的母親，那位女士是小糖的母親，而我是她最後見到和小糖在一起的人，小糖，她的名字是小糖。我不怪她誤會我把她女兒藏起來，雖然我沒有把握我是不是最後一個見到小糖的人。」

小糖，她的名字叫小糖。我聽說過這名字，當時我和小翔的感情正好的時候，小翔的哪個誰認識的哪個誰聽說的哪個誰……

小糖，這並不是她的真正名字，只是認識她的人都這麼叫她，因為她笑起來甜似糖。小糖，她笑起來甜似糖，只不過很可惜的是，她並不經常笑。

小糖。

放下咖啡杯，我心想，今天的咖啡不知怎麼的喝來特別苦，或許我該多加點糖才對。

「最後一次的見面，往後回想我才知道那是我們最後一次的見面，就在我們初次遇見的那個咖啡館前面，我當時還奇怪那咖啡館不是已經關閉了嗎？結果她笑著回答我：那我們更應該替它做個告別式。小糖……」

賴映晨還想說些什麼，但他話說到了嘴邊結果卻還是打住，我想我大概知道他想說的是什麼：那是一種令人不想失去的笑容，沒看過的人不會知道。

小糖，甜似糖的笑。我沒見過那種笑容，我只聽過這位小糖。

拿起糖包，低頭，我猶豫著該不該把糖全部灑進去。

「那是我們最後一次的見面，然後……然後我們就怎麼也再找她不到，我們，所有認識小糖的人，都找她不到，不知道她去哪裡了，不知道她為什麼就這樣把自己藏起來了，不知道……再也找不到她之後，我才驚覺原來那最後一次的見面是一場她主導的預謀，而眼淚，是她向我道別的方式，那是我第一次、也是最後一次看見她掉淚，我不知道她為什麼哭？不知道她為什麼要向我道別？不知道……我知道我們常吵架，只要一吵架她總是提分手，我不喜歡她老是提分手，她不喜歡為什麼我們會愛的那麼累，可是……可是我真的不認為，不認為我們真的分得了手，我們……離不開，愛得再怎麼亂七八糟，可就是、離不開。」

——這就是我做過最丟臉的事情，我開始旅行，我本來是從不旅行的人，而現在、我不但開始旅行，我還成了導遊。

「直到那天她掉淚，直到那天她問我拍照片，直到後來我收到她寄來的明信片，明信片上是我們的合照，明信片背面只簡單的寫著『we are married』而發信地址是紐約，我當時不知道她什麼意思，我只知道不對勁，只知道……」

We are married。我轉輾聽說過那張明信片，還和小翔在一起時，小翔曾經聽說過的這個作家、那張傳說中的明信片，還有那個笑起來甜似糖的作家小糖。

只聽過沒見過的小糖，賴映晨的小糖。

「我不知道她想嫁我，和她在一起很快樂，可是我不認為我們有未來，我不認為我們處理得來、關於兩個人一起的未來這件事情。我們的愛情傾斜了，每當我看著她、抱著她的時候，總是會下意識的想要檢查她的頸子她的嘴唇她的身體想要檢查有沒有別人的痕跡，我知道不可能有別人的痕跡，我知道，但我就是忍不住的想要這麼做，會這麼做，她太美了，美的令人不安，不安。」

我筆直的凝望著賴映晨，而賴映晨則是低下頭望著他眼前動也沒動過的咖啡杯。

「我第一次見到她的時候她正在抽菸，她抽菸的姿態好美，美的像是在親吻那根香菸似的，我情願我是那根菸，就這麼淹沒在她吞吐之間。可是交往之後、愛上她之後，當我們的愛情太快太深太濃、終至傾斜了之後，我開始不喜歡她抽菸，因為，菸灰就好像是她的眼淚，而我告訴她哭泣是最自己的事情，所以不哭，不能哭，不能在別人的面前哭。」

——怎麼辦？寂寞的不得了的時候。

——就抽菸吧。

「真心話大冒險，她最後好喜歡玩這個真心話太冒險，我想大概是那個男生的緣故，小糖後來遇見的那個男生，我從頭到尾不知道他是誰、是怎麼樣的一個人，只知道他讓小糖變得快樂很多，後來……我找到過他，我以為小糖是和他在一起，或許結了婚了或許生了子、或許她身上那股強烈就這麼平凡掉了；可是並沒有，當徵信社給我他的資料時，當我找到他家時，他的家人告訴我他已經過世了，而小糖、他們並不知道小糖是誰。」

——我的前女友告訴我的，因為那個人讓一切變得很容易，她後來遇到的那個人，我始終沒見過那個人是怎麼樣的一個人。

不要再說了，我後悔了，我不想聽了。

我想這麼說，我想打斷他的回憶，可我開不了口，我嫉妒的連開口也沒了力氣。

「所以我想，可能真的我是最後一個見到小糖的人吧！我想。我去了英國去了香港去了紐約，所有她曾經生活過的國度我都去過了，我甚至搬來了台北。我知道找到她的機會幾乎是沒有可能，不……我甚至沒有頭緒該從何找起，但我就是想要這麼做，就是不死心，不死心。怎麼樣都想去看看那些她曾經生活過的國度，去看看，去感受。」

——那時候我真的好希望妳就是她，因為我越來越有種感覺是、我真的再也找她不到了。

把全部的糖都灑進咖啡之後，我舉杯喝了一口，而味道太甜了，甜到我眼淚都掉了下來；而原來，帶著眼淚的聲音，是陌生，因為我聽見用一種自己也陌生的聲音問他：

「你幹什麼還要找她呢？她離開你、再也不讓誰找到，這不就是答案了嗎？」

「因為我還欠她一句我愛妳，」哽咽，賴映晨哽咽，「或許還有無盡的思念。」

透過溼掉的眼睛，我看見賴映晨擱在桌上的手在微微顫抖，望著那雙曾經溫柔過我的手，我知道此時此刻的我應該伸手將它握上，不過不知道為什麼，我沒有。

他們的回憶讓我失去了力氣，我嫉妒他們的回憶。

——其實我GOOGLE的起因不是映佐。

——在書中讀到自己認識且思念的名字讓我感到很震驚，所以希望如果妳收到這封信的話，能不能拜託妳在抽空回個信呢？

——我一直在找、卻怎麼也找不到的女孩，一開始的時候我以為妳是她。

——要不要玩真心話大冒險？

——廚房如何？就在廚房寫作，不賴。

一根香菸的沉默過去之後，低頭我把杯裡過甜的咖啡喝盡，然後我起身，然後……

……然後我看著賴映晨臉上表情的變化，凝望著那表情的變化，我看見，我的愛情正在死去。

過甜的咖啡在我的嘴裡發酵，張開嘴，我聞到愛情腐壞的味道。

張開嘴，我聽見我自己說：

「對不起，我不是你的小糖，我沒有辦法是愛情的替代人，我是我，我自己。」

並且：

「我愛你，還想再愛你，可是，對不起，我有情感潔癖，我的情感潔癖過不去。」

然後我離開。

伴娘的禮服好看卻難穿，原來我並不怎麼喜歡當伴娘。

穿著伴娘禮服走出STARBUCKS門口的我，只心想：不知道秋雯的婚禮結束了沒呢？

終

「謝謝妳傳簡訊給我，我……很高興，妳還留著我的電話。」

這是他開口說的第一句話，時間是中午十二點過十二分，日期則是我離開賴映晨的一個月後，而當時我人正在捷運站裡；我接起了手機上這久違了的號碼，這分手了的號碼，這小翔的號碼。

「當我收到妳的簡訊時就想立刻打給妳了，不過我想還是先把這事情弄清楚再說，妳不會怪我吧？」

不會。我怪的不是這個。

「我問過了所有有可能認識她的人，但就是找不到、沒有人知道她去哪了。而當時唯一和她聯絡過的那位編輯好像也離開台灣了，這就是我所能問到關於她的最後消息。不過她的出版社答應送我全部她寫過的書，方便的話，我拿給妳好嗎？」

不方便。

「你幫我寄到這個地址給這個名字好嗎？」

然後我要他抄下賴映晨和他的地址。

而我只是在想，如果眼淚是那位小糖送給賴映晨最後的禮物，那麼，為了他於是再和小翔聯絡，則是我所能為他做的最後一件事情。

我想那大概是因為我還愛著他吧。我想。

抄寫完畢之後，小翔問我：

「他是誰？」

一個令人難忘的人。我以為我這麼回答了，但是結果我沒有，我只淡淡說道：

「那位小糖書裡永遠的男主角，他一直沒能找到這些寫他的書。」

猶豫了好一會，小翔終於還是問道：

「你們是？」

「他是我的前男友。」

「前男友……」

小翔重覆了一次，而口吻是複雜。於是我才發現：因為賴映晨，我的前男友，不再是小翔。

「和曾經的前男友討論我的前男友感覺真是怪怪的。」

「……」

「對不起，忘了去你的婚禮，不過，還是祝你們幸福快樂。」

「嘿——」

打斷了小翔，我說：「書，請務必幫我寄到，好嗎？」

「好。」

然後我們掛了電話，和和平平的分手後電話。

轉頭，我看見捷運站裡牆上『如果。愛』的電影海報上斗大的一句話：

困在記憶裡的愛人。

「困在記憶裡的愛人。」

我呢喃，然後搖搖頭，離開。

離開捷運站，離開這海報，離開記憶，離開愛。

走出捷運站，我找了家咖啡館坐下，依舊是最角落的位子，對著牆壁本來我以為我會輕微的哭一下，但是結果我沒有；我只是低頭慢慢慢的喝著杯子裡的焦糖冰咖啡，然後……然後咖啡館裡播放的音樂突然的闖入我的耳膜。

陳綺貞的，旅行的意義。

卻說不出你愛我的原因　卻說不出你欣賞我哪一種表情
卻說不出在什麼場合我曾讓你分心
說不出離開的原因

終究還是哭了一會，輕微的那種。

因為被提醒了，相愛時的感受，這陳綺貞的，旅行的意義。

「陪自己去旅行一下吧。」

在輕微的哭完之後，我這麼提議自己，只是我還沒想到要帶自己去哪裡，因為我忙著想起曾經和賴映晨的這段對話：

「欸，去過了那麼多的國家，你覺得世界上最美的國度在哪裡？」

「在愛情裡。」

我想，他說的對。

只是如今我又走出了這個最美的國度了，我一個人，離開。

一個人。

離開。

我。

離開的我只是在想，有情感潔癖的人，愛情路注定了是要走的孤獨，我知道這樣讓自己辛苦，但是，起碼我對得起自己。

The End

》終《

橘子作品 06

貓愛上幸福，魚怎會知道

橘子◆著　**定價◎180元**

「妳覺得幸福是什麼？」
『大概是這樣吧：想起一個人的時候，嘴角不自主的會帶著笑，幸福。』
「怎麼聽起來好感傷的感覺？」
『為什麼？』
「想起一個人…是因為對方不在身邊了才會想他吧？這樣就算幸福的話，
也已經是過去式了呀。」
『幸福又不代表兩個人非得在一起不可。』
「分開了還有幸福的可能嗎？」
『幸福是一種狀態，不是時態。』

橘子作品 07

愛情，欠了我們一分鐘

橘子◆著　**定價◎180元**

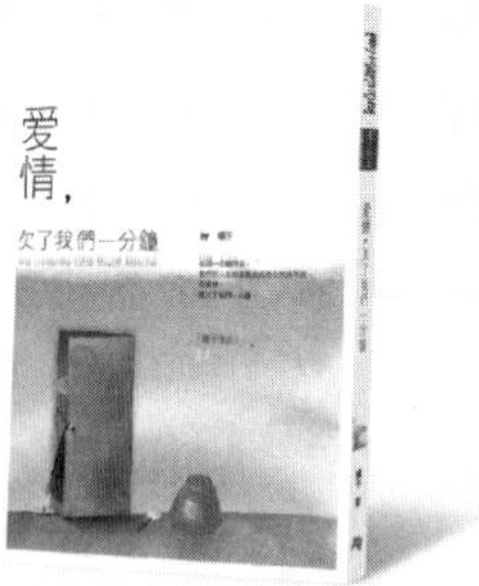

從那一分鐘開始，
我們的人生被錯置成兩個全然的不同。
而愛情，
還欠了我們一分鐘。

橘子作品 04

不哭

橘子◆著　定價◎180元

因為眼淚也有重量呀！」
『鹽份嗎？』
「不，是傷心。」
然後妳怔怔的望著我，眼淚，滑落。
我始終不知道當時的妳
為什麼在那個當下會突然哭泣，
但我知道的是，原來妳的哭泣是安靜且無聲，
那安靜的淚淌進我的心底，
鎖住了我對妳的感情。

橘子作品 05

愛無能

橘子◆著　定價◎180元

花心是種愛無能　痴心是種愛無能
對舊情人念念不忘是種愛無能
容忍情人一再犯錯是種愛無能
愛一個人卻又遲遲不肯表白是種愛無能
愛一個人愛到連自己也放棄還是種愛無能
愛
無
能

國家圖書館出版品預行編目資料

對不起，忘了你／橘子著. --初版，臺北市：
春天出版國際，2006 [民95]
-- 面；　公分. --（橘子作品；9）
ISBN 978-986-7135-92-6（平裝）

橘子作品 09

對不起，忘了你

作　　者◎橘子
企劃主編◎莊宜勳
封面設計◎Nelson Chen@永真急制Workshop
內文編排◎陳偉哲

發 行 人◎蘇彥誠
出 版 者◎春天出版國際文化有限公司
地　　址◎台北市信義路四段458號3樓
電　　話◎02-7718-0898
傳　　真◎02-7718-2388
E-mail◎frank.spring@msa.hinet.net
郵政帳號◎19705538
戶　　名◎春天出版國際文化有限公司
法律顧問◎蕭顯忠律師事務所
出版日期◎二○○六年十一月初版一刷
◎二○一七年五月初版四十七刷
定　　價◎180元

總 經 銷◎楨德圖書事業有限公司
地　　址◎新北市新店區寶興路45巷6弄6號5樓
電　　話◎02-8919-3186
傳　　真◎02-8919-5524
印 刷 所◎鴻霖印刷傳媒股份有限公司

ISBN：986-7135-92-X
ISBN：978-986-7135-92-6
Printed in Taiwan

S P R I N G

每一本好書都是一顆種子，
春天播種在你的心田夢土上。

Spring

S P R I N G

每一本好書都是一顆種子，
春天播種在你的心田夢土上。

Spring